Emilies Schweigen

Markus Bundi

Emilies Schweigen

Novelle

KLÖPFER&MEYER

Ich war nicht ein einziges Mal im Gerichtssaal anwesend. Vielleicht ist es gut, wenn ich das jetzt noch sage. Ich hatte den Prozess im Fall Emilie T. in den Medien verfolgt und verfügte dank David, Emilies Pflichtverteidiger, über Informationen aus erster Hand.

Geschriebene Worte sind allerdings nicht gesprochene, und für vieles, was sich ereignet, gibt es keine Wörter. Bleibt das Erzählen, das Nacherzählen, um genau zu sein. Das Nacherzählen nahm im Fall Emilie eine zentrale Rolle ein, denn David entzog – womöglich ausgelöst durch das Schweigen seiner Mandantin – jeglichem Erzählen das juristische Fundament. Ich meine, der Fall hat exemplarischen Charakter für das Dilemma, in dem sich die Rechtsprechung heute befindet. Die Mittel, die in einem Indizienprozess zur Anwendung kommen, sind sprachliche, die nicht etwa an Ereignisse, sondern an Vorstellungen gebunden sind.

Die folgende Nacherzählung nimmt nur bedingt Rücksicht auf juristische Gepflogenheiten, die je nach Land und Gericht ein wenig anders sein mögen. Wer was und vor allem auf welche Art in einem solchen Prozess sagt, mag für Juristen wichtig sein. Mir aber ging es darum, den Mechanismus zu beleuchten, der zum – für viele überraschenden – Ausgang des Prozesses führte. So habe ich den Umstand vernachlässigt, dass mehrere Richter am Verfahren beteiligt waren. Jene beiden Herren neben der Oberrichterin waren aber in diesem Fall, wie mir David glaubhaft versicherte, nicht von Belang. Auch habe ich viele Zeugen und deren Aussagen weggelassen; insbesondere jene, die dazu dienten, andere mögliche Täter auszuschließen. Selbst David war bald überzeugt davon, dass für die Tötungen in der Klinik (wovon 47 seiner Mandantin zur Last gelegt wurden) einzig und allein Emilie in Frage kam. Dass er dennoch am unsichtbaren Dritten festhielt, diesen in direkte Verbindung mit den nicht auffindbaren Barbituraten brachte, war der entscheidende Schachzug gewesen.

Je länger ich mich mit dem Prozess beschäftigte, desto mehr fühlte ich mich in die Rolle des Geschworenen gedrängt, eines zunehmend hilflosen Geschworenen. Ich glaube, David hat mit seiner Verteidigungsstrategie das Ende aller Indizienprozesse eingeläutet.

Ich kann nicht ermessen, durch welche Hölle David während der Verhandlungswochen gegangen ist. Dass ich Aspekte wie Davids Eigenmedikation oder seine Trennung von Margarethe aufgreife, dringt scheinbar allzu sehr in die Privatsphäre des Freundes ein. Doch selbst wenn alles zuträfe, habe ich gleichwohl nur nacherzählt, um nicht zu sagen: erfunden. Ein schlechtes

Gewissen habe ich nicht (das Papier mit der Blanko-Unterschrift Emilies liegt noch immer unbenutzt bei mir). Ich freue mich auf Davids Rückkehr. Und dass es ein Fest geben soll, darauf besonders.

I

Die Angeklagte war fünfunddreißig Jahre alt, von schlanker Statur und hatte ein kindliches Gesicht. Brünettes, halblanges Haar, wohl nicht gefärbt. Dezent geschminkt war die Frau. In der weißen Bluse und dem blauen Jackett hätte man sie für eine Geschäftsfrau halten können oder für eine Stewardess.

Was hätte man sehen wollen? – Eine Frau im Büßergewand. Eine Frau, die des siebenundvierzigfachen Mordes angeklagt war, konnte nicht normal aussehen. Von einem Todesengel, von einer Bestie hatten die Medien berichtet. Jeder Sachverständige und jede Expertin, ob selbsternannt oder dazu gemacht, war zu Wort gekommen. Das Umfeld der Angeklagten Emilie T. war von den Journalisten durchkämmt, das Personal des Krankenhauses interviewt worden wie auch die Hinterbliebenen der Opfer.

Direkte Verwandte gab es keine mehr, dafür einen Schulfreund aus vergangenen Tagen, eine Cousine in

Australien und eine Reihe bester Freundinnen, die es aber ohne die Anklage nicht gegeben hätte.

Zurückhaltung übten nur wenige, ein klares Bild von Emilie T. ergab sich aus der Vielzahl der Meinungen nicht.

Die Angeklagte schwieg. Ihr Verteidiger plädierte auf nicht schuldig, es handle sich, wenn überhaupt, um Sterbebegleitung. Darunter könne man Sterbehilfe verstehen, jedoch nicht im juristischen Sinn. Weder der Tatbestand der aktiven noch der passiven Sterbehilfe sei erfüllt, ebenso wenig könne von Beihilfe zum Suizid die Rede sein. Als Motiv komme einzig Nächstenliebe in Frage.

Damit war die Sache angerichtet. So angerichtet, dass es keine Unbeteiligten mehr gab. Jeder in der Stadt und bald im ganzen Land wollte wissen, wie der Prozess ausgehen würde.

Weil alles gegen Emilie sprach, hatte sich auch eine Allianz gebildet, die Partei für sie ergriff, und zwar im Namen der Gerechtigkeit. Bei der Aufmerksamkeit, die der Fall im Vorfeld erregt habe, der Wichtigkeit, die mittlerweile dem Prozess beigemessen werde, gehe es nicht länger an, dass der Angeklagten lediglich ein Pflichtverteidiger zur Seite stehe. In kürzester Zeit war ein stattlicher Betrag zusammengekommen, zu einer Neubesetzung der Verteidigung kam es indes nicht. Dazu hätte die Angeklagte einwilligen müssen, was sie nicht tat. Emilie schwieg.

Eine der großen Zeitungen titelte: »David bleibt im Ring!« – Das war gut getroffen. Zum einen weil der junge Jurist mit Vornamen David hieß, zum andern weil dank der Schlagzeile ein unwahrscheinlicher Ausgang des Prozesses wieder in den Fokus rückte. Was, wenn die Frau unschuldig war? Tags darauf fragte eines der Konkurrenzblätter, ob sich hinter der Staatsgewalt nicht doch Kanonen verbargen, die auf ein unschuldiges Spätzchen schossen. Aus dem Todesengel war über Nacht ein unscheinbares Vögelchen geworden.

Auch das änderte nichts am Eindruck, den die Angeklagte am ersten und an all den folgenden Prozesstagen hinterließ: Man sah ihr nichts an.

Sie wirke entmenschlicht, dachten die einen, paralysiert sei sie, sagten andere. »Apart oder apathisch? Das ist hier die Frage!« war in einer jener Kolumnen zu lesen, die sonst der Prominenz vorbehalten waren. Aber auch Emilie war prominent geworden. »Ein Blick wie Bambi«, so sah es in Anspielung auf ihre braunen Augen ein anderer Journalist; ihr Gang hingegen wurde mit jenem einer Raubkatze verglichen, ausgehend von

Ballettstunden, die Emilie als Kind während zweier Jahre besucht hatte.

Allerdings erinnerte sich die Lehrerin, Primaballerina vor Zeiten, nicht mehr, warum Emilie den Unterricht aufgegeben hatte. Zu berichten wusste sie schon, von Vergangenem und auch von der Zeitlosigkeit des Tanzes, der Anmut und der Grazie, von Rhythmik und Koordination, dem Erspüren und Erfassen des Raumes … »Talent hat sie schon gehabt, die kleine Emilie, doch zu wenig Disziplin.« Die Aussagen der Lehrerin, sie befand sich im Ruhestand, nährten den Verdacht, dass sie sich gar nicht an Emilie erinnerte.

Ein Schriftsteller der Stadt, der um eine Stellungnahme gebeten worden war, ließ in einem ganzseitigen Essay seiner Fantasie freien Lauf, erkannte in der scheinbaren Unscheinbarkeit die Faszination des Unergründlichen und also des »Entgrenzten«, sprach von der Verlockung der Unnahbarkeit, der größtmöglichen Lebensintensität angesichts des Todes, mit dem Fazit, sich einer wie Emilie bedingungslos ergeben zu wollen.

Der Bericht des Schulfreundes fiel dagegen nüchtern aus. Emilies Jugendliebe war Kranführer geworden, ein Mann, der auf dem Bau den Überblick zu wahren hatte und sich nicht aus der Ruhe bringen ließ. Ein gewissenhafter Mensch im Holzfällerhemd und mit Vollbart, der zur Klärung des Falles nichts beitragen konnte, aber zur Verfügung stand, wenn man ihn rief. Für die Zeitung hatte er sich mit einer Currywurst ablichten lassen – als sei's der Lohn für seine Auskünfte gewesen: »Wir sind damals vierzehn gewesen, beide, haben Händchen gehalten, uns auch geküsst, und einmal, auf dem Riesenrad, habe ich Emilie zwischen die Beine gefasst. Das war schön.«

Das psychologische Gutachten, auf das viele im Gerichtssaal gehofft hatten, brachte ebenfalls keine neuen Erkenntnisse. Der beauftragte Experte ließ wissen, dass ein psychologisches Gutachten der Kooperation bedürfe. Emilie T. hatte aber auch ihn angeschwiegen und alle Tests verweigert. Auf die Frage, was für einen Eindruck er von der Angeklagten habe, hob der Psychologe die Hand vor die Augen, als blendete ihn das Neonlicht im Gerichtssaal, antwortete dann knapp: »Keinen aussagekräftigen.« Ob es sich um einen Fall von Gedächtnisverlust handeln könnte, wollte der Staatsanwalt wissen. Die Antwort fiel ebenso knapp aus: »Es könnte.« Der Staatsanwalt fragte weiter, ob es Anzeichen gebe für einen Gedächtnisverlust, und der Gutachter, die Hand noch immer auf Höhe der Augenbrauen, verwies auf seine erste Feststellung, beziehungsweise bejahte und verneinte zugleich, da solche Anzeichen nur aus den Reaktionen eines Menschen zu schließen und eben nicht an seinen Nichtreaktionen zu diagnostizieren seien.

Um weiteren Fragen vorzubeugen, erklärte der Psychologe ungefragt, dass er nicht in der Lage sei zu beurteilen, ob die Angeklagte aus strategischen Gründen schweige oder ob eine psychische Störung vorliege. Ob er Emilie T. gegenübersitze oder einer weißen Wand, komme in diesem Fall auf dasselbe hinaus. »Hartnäckiges Schweigen ist wie eine verschlossene Tür. Aussagen darüber, was sich im Raum dahinter befindet, wären rein spekulativer Natur. Wo kein Licht hingelangt, dort bleibt es dunkel.«

Was als erwiesen galt und während des Prozesses nicht weiter ausgewalzt wurde, war die Tatsache, dass zum Zeitpunkt des Todes jener siebenundvierzig Menschen Emilie vor Ort gewesen war, mit an Sicherheit grenzender Wahrscheinlichkeit jeweils am Sterbebett gesessen hatte. Tatsache war auch, dass alle siebenundvierzig Toten an einem Cocktail aus hoch dosiertem Natriumpentobarbital gestorben waren. Und weil man die Vergiftung bei vielen erst bei einer nachträglich angeordneten Obduktion festgestellt hatte, wofür achtundsiebzig Exhumierungen vorgenommen worden waren (vierundvierzig davon mit positivem Befund), sprach man von einer hohen Dunkelziffer: Die Todesursachen jener, die im nämlichen Zeitraum verstorben, aber nicht bestattet, sondern kremiert worden waren, ließen sich nicht mehr eruieren.

Was das Strafmaß betraf, kam es darauf nicht an. Ob Emilie des siebenundvierzigfachen oder des vierundsiebzigfachen Mordes für schuldig befunden würde, zog dieselben Konsequenzen nach sich: lebenslange Haft.

Die Kriminaltechniker hatten Emilies Wohnung auf den Kopf gestellt, den Spind im Krankenhaus geleert und die Innenwände auf allerlei Rückstände untersucht, und sie hatten den Wagen der Angeklagten, einen alten Toyota Corolla, in all seine Bestandteile zerlegt. Doch vom Stoff, der mindestens siebenundvierzig Menschen in den Tod befördert hatte, fanden sie keine Spur, nirgends, nicht ein Körnchen.

Vergeblich suchte man auch nach Emilies Katze. Angesichts der Eindringlinge hatte das Tier Reißaus genommen und war aus der Wohnung geflohen. Auf die Idee, der Katze nachzustellen, waren die Beamten zu spät gekommen. Eine Speichelprobe, die am Fressnapf genommen und im Labor untersucht worden war, brachte immerhin die Erkenntnis, dass es sich nicht um eine Katze, sondern um einen gesunden Kater handelte.

Das Ergebnis wurde von einem Nachbarn der Angeklagten insofern bestätigt, als Emilie das Tier Wagadugu gerufen habe. Da es von Emilies Vierbeiner keine Fotografie gab, gab es keinen publizierten Steckbrief und also auch keine Aussicht auf Finderlohn. Der Kater blieb verschwunden.

Staatsanwalt Pichler legte hingegen dar, dass Emilies Vater, ein vor fünf Jahren verstorbener Apotheker, über die Ware, das gesuchte Gift, durchaus verfügt haben musste. Pichler führte weiter aus, es könne kein Zufall sein, dass das Töten im Krankenhaus just nach dem Ableben des Apothekers eingesetzt habe. »Gut möglich, dass der Vater der Angeklagten ebenfalls Natriumpentobarbital zu sich genommen hat.« Dieser Akt, so mutmaßte der Staatsanwalt, sei vermutlich im Beisein der Tochter vollzogen worden, sei die Initialzündung für das künftige Morden gewesen. Zumindest spreche die Krankenakte des Vaters dafür, dass dieser den Tod durchaus als Erlösung sah: »Der Mann war nicht nur vom Krebs zerfressen, sondern litt zuletzt auch an überaus schmerzhaftem *herpes zoster*, einer

Gürtelrose über dem linken Auge, im Volksmund auch als Selbstmörderkrankheit bekannt.«

Nach einer geschickt gesetzten Pause, während der jeder im Saal vergeblich auf den Einspruch des Pflichtverteidigers gewartet hatte, sprach der Staatsanwalt weiter: »Dass man die Mordwaffe, das entsprechende Gift, bei der Angeklagten nicht gefunden hat, weist ohne Frage auf die Akribie und den Vorsatz der Angeklagten hin: Die Ware ist eben verdammt gut versteckt.«

David hatte immerhin begriffen, dass die Sicht der Staatsanwaltschaft, wenn es nach Pichler ging, den Journalisten die Texte diktieren und die Richterin überzeugen sollte. Die Tatsache, dass es keine Geschworenenprozesse mehr gab, änderte nichts an dem Bestreben, einen Tathergang so plausibel und so zweifelsfrei wie möglich zu rekonstruieren. Die Anklage sammelte beim Publikum Punkte, schuf Konturen und Klarheiten, wiewohl nur vermeintliche Klarheiten, wogegen er, David, hätte Einspruch erheben sollen, wofür er aber den richtigen Moment gleich mehrmals verpasst hatte.

Er begnügte sich damit, vom Kriminaltechniker, der beinahe andächtig den Ausführungen des Staatsanwalts gefolgt war, noch einmal bestätigen zu lassen, dass von dem fraglichen Stoff in der Wohnung seiner

Mandantin nichts gefunden worden sei. Nicht in der Wohnung, nicht im Spind und auch nicht im Auto.

Und wie David sich nach der Bestätigung schon mit einem »Keine weiteren Fragen« abwenden wollte, hatte er eine Eingebung und fragte den Kriminaltechniker, ob dieser Literatur studiert habe. Postwendend erschallte der Einspruch. Die Richterin erwachte aus ihrem Dämmer und fragte den Verteidiger, was die Frage mit dem Fall zu tun habe. David versprach, dies nach der Antwort des Kriminaltechnikers sogleich zu klären.

Vielleicht war es Mitleid, vielleicht war es mütterlicher Instinkt oder auch nur der Wunsch nach ein wenig Abwechslung, jedenfalls ließ die Richterin die Frage zu.

Der Kriminaltechniker verneinte. David sagte, dass auch er kein Literaturstudium vorzuweisen habe und fragte nach, ob er recht gehe in der Annahme, dass also auch der Kriminaltechniker mit den Ausführungen des Staatsanwalts, die über das Nichtfinden des fraglichen Stoffs hinausgingen, nichts anzufangen wisse. Im Saal herrschte augenblicklich Stille. Der Kriminaltechniker hatte den Kopf eingezogen, wirkte mit einem Mal kleiner und saß jetzt wie ein Schüler da, der die Hausaufgaben nicht gemacht hatte. Wohl weil die Stille nicht länger auszuhalten war, antwortete der Mann schließlich mit Ja, worauf David – nach einem vernehmbaren Räuspern – »Keine weiteren Fragen« zu Protokoll gab.

Unter dem Raunen des Publikums wandte sich der Pflichtverteidiger von dem Kriminaltechniker ab und begab sich zurück auf seinen Platz.

Ein Schauer war David auf seinem kurzen Weg über den Rücken gelaufen, belebend und warnend zugleich: Er würde fortan auf der Hut sein. Improvisationen bargen ein nicht zu kalkulierendes Risiko; Vorbereitung war alles, das wusste auch ein junger Pflichtverteidiger wie David. Er hatte soeben Glück gehabt, unsägliches Glück, und er hatte in diesem Prozess unversehens Fuß gefasst.

David saß jetzt aufrecht an seinem Platz, schielte kurz zu seiner Mandantin. Emilie blieb reglos, hielt den Blick starr in eine Richtung. Eine Puppe, Emilie war eine Puppe oder eine weiße Wand, der Psychologe hatte die richtigen Worte gefunden. Es lag nicht mehr länger an ihm, dem Pflichtverteidiger, sich an der Angeklagten die Zähne auszubeißen.

In den Vorbesprechungen war Emilie seinem Blick nicht ausgewichen, dennoch hatte David nie einen Kontakt herstellen können. Emilie hatte in die Leere gestarrt, geschaut, wie sie auch jetzt schaute, teilnahmslos. Ob dahinter Traurigkeit oder Scham, Hilflosigkeit oder Resignation steckte – alles Spekulation, beruhend auf den Vorstellungen des Betrachters, die Vorstellungen Emilies blieben derweil unantastbar, einstweilen verschlossen.

Einer Intuition folgend hatte David auf *nicht schuldig* entschieden. Die Möglichkeiten, auf verminderte Schuldfähigkeit oder auf das gänzliche Fehlen dieser zu plädieren, hatte er zwar erwogen, doch im Beisein Emilies schnell verworfen. Hatte er das wirklich bedacht, im Sinne seiner Mandantin abgewogen? Das Gutachten des Psychologen allerdings, das nichts offenbarte, lediglich eine Leere bestätigte, die man gern mit Inhalten gefüllt gesehen hätte, spielte David in die Hände und ließ Raum für die Unschuld seiner Mandantin.

Hätte David sich für verminderte Schuldfähigkeit entschieden gehabt, er wäre wesentlich auf die Unterstützung des Psychologen angewiesen gewesen und stünde jetzt mit abgesägten Hosen im Saal. Stattdessen saß er fest im Sattel, spürte seinen Körper, und sein Denken hatte sich beschleunigt.

Die Zügel, die David an die Hand gegeben worden waren, hatten mit seiner Mandantin nichts zu tun:

Hier wurde verhandelt, hier wurde etwas geboten, auf das er reagieren, an dem er sich abarbeiten konnte. Kein Grund, gleich loszupreschen. Der Staatsanwalt würde ihm schon bald eine Falle stellen, davon war David überzeugt.

Während der Befragung der Pathologin, die eine neuerliche Darstellung des Staatsanwalts und seiner Sichtweise war, verstieg sich Pichler zur rhetorischen Frage, weshalb der Verteidiger überhaupt auf die Idee gekommen sei, auf *nicht schuldig* zu plädieren, da ja die Angeklagte dies kaum so gewünscht habe, vielmehr auch ihren Verteidiger konsequent anschweige und an der Nase herumführe wie alle andern auch.

David erhob spontan Einspruch – und zuckte zusammen. Die Richterin schaute ihn neugierig an, klärte den Pflichtverteidiger auf, dass es keinen Grund für einen Einspruch gebe, da der Staatsanwalt keine Frage an die Pathologin gerichtet habe, worauf David, ob dieser Belehrung oder vielmehr dank der Zeit, die die Richterin für ihre Ausführungen in Anspruch genommen hatte, mit einem Mal wusste, warum er Einspruch erhoben hatte. Er bestätigte der Richterin in der gebotenen Höflichkeit ihre Analyse, entschuldigte sich für die womöglich falsche Wortwahl hinsichtlich des Einspruchs »Einspruch«, mahnte sich im Augenblick, jetzt ja nicht in Selbstgefälligkeit zu verfallen – untersteh dich, David! –, stellte jedoch zugleich fest, wie präzise sein Denken war, wie es mehrere Ebenen parallel bespielte, wies im selben Atemzug darauf hin, dass er sich nicht anders zu helfen gewusst habe, da der Staatsanwalt – »Kollega Pichler« hatte er sich im letzten Moment verkniffen – zwar keine Frage an die Pathologin, sehr wohl aber eine an ihn, den Verteidiger, gerichtet habe, und er es als seine Pflichtverteidigerpflicht – das Wort würde er sich merken – erachte, diese nicht unbeantwortet zu lassen.

Diesmal hielt die Stille nicht lange an; ein Rumoren, anschwellender Lärm erfüllte den Saal. Die Richterin war verärgert, nahm erstmals den Hammer zur Hand, hämmerte und hielt unmissverständlich fest, dass man sich nicht in der Manege befinde, und wenn der Herr Verteidiger beabsichtige, hier angesichts der Schwere der Anklage den Clown zu spielen, dann sei er bei ihr an der falschen Adresse: »In diesem Sinne, und nur in diesem Sinn, bin ich gespannt, Ihre Antwort auf die Frage des Staatsanwalts zu hören.«

David verzichtete auf jedes weitere Geschwurbel, der scharfe Ton und – weit bedrohlicher – das Schnauben der Richterin hatten sich in seinem Gehörgang festgesetzt. Er erhob sich ohne jede Theatralik und sagte: »Jura, Erstes Semester: *In dubio pro reo.*«

Damit war der erste Prozesstag gelaufen, und die Vertreter der Medien waren sich einig: Die erste Runde war an David gegangen. »Florett statt Steinschleuder«, lautete eine der Schlagzeilen. Der junge Pflichtverteidiger mache sich seine Unerfahrenheit zunutze, die Frische und Eloquenz verblüffe. Von einer raffinierten Konterstrategie war die Rede. Staatsanwalt Pichler wurde nachgetragen, sich bei der Wortwahl, was die Geschichte mit dem Selbstmord des Apothekers betraf, vertan zu haben: »Hier von einem ›Vollzug des Akts im Beisein der Tochter‹ zu sprechen, ist zu billig. Die Andeutung eines inzestuösen Verhältnisses, als psychopathologische Anamnese quasi, entbehrt jeder Grundlage und wirft ein Licht auf die Angeklagte, das jeder Quelle entbehrt.«

Ähnlich viel Aufsehen hatte nur noch die Szene erregt, als die Angeklagte in einer Lautstärke niesen musste, die der Situation nicht angemessen war.

Offenbar war sie von sich selbst, der Heftigkeit ihres Niesanfalls, überrascht worden, denn Emilie T. brachte die Hand nur verzögert vor den Mund. Noch überraschter war die Richterin, die, aus einem Reflex wohl, der Angeklagten »Gesundheit« gewünscht hatte. Emilie nickte daraufhin, kramte ein Taschentuch aus der Handtasche und schneuzte sich die Nase, unüberhörbar auch dies. – Man schloss daraus, dass die Angeklagte noch nicht begriffen habe, an welchem Ort sie sich befinde und aus welchem Grund. Vielleicht aber war es auch Emilies Art, sich bemerkbar zu machen. Sie habe in jenem Moment etwas sagen wollen. »Da ihr aber die Wörter nicht zur Verfügung standen, hat sie laut und deutlich geniest.«

Emilie hatte die Ausführungen der Pathologin unterbrochen, die dabei gewesen war zu erörtern, wie die in den Mägen gefundenen Barbiturate gewirkt hatten und dass es sich dabei allen wissenschaftlichen Erkenntnissen nach um einen schmerzfreien Tod handle, ein Einschlafen, ein Hinübergleiten. – Hatte Emilie die Pathologin korrigieren wollen? Wusste sie es besser? »Der Geruch des Prozesses« lautete eine andere Überschrift, im Vorspann Ausführungen dazu, etwas stinke zum Himmel, die Schuld sei Emilie T. in die Nase gestochen.

II

David war an einer vierfachen Prüfung gescheitert, hätte träumend die Fragen sowohl mündlich wie schriftlich als auch wachend und im Schlaf beantworten müssen. Dass er sich in einem Traum befand, wusste er da noch nicht. Bevor David erste Resultate vorweisen konnte, hatte ihn der Staatsanwalt mit einem unverständlichen Redeschwall unterbrochen. Die Gesichtszüge Pichlers hatten sich mit jenen Emilies vermischt; die beiden schlossen hinter seinem Rücken einen Pakt. Er selbst war Gegenstand der Wette, doch hatte er keinen Schimmer, was gewettet wurde. Alles Lauschen half nichts, er vernahm kein Wort.

Als David sich seiner selbst vergewisserte, dass er tatsächlich nur geträumt hatte, vom Träumen und Wachen geträumt hatte, sich zugleich davon überzeugte, dass sein Gehör noch in Ordnung war und sich entschieden zur Seite drehte, um die Sache – Prüfung, Pakt oder Wette – zu einem guten Ende zu bringen, hatte sich sein Körper gegen ihn entschieden. Der

Schlaf kehrte nicht wieder, er würde später zu den Nachprüfungen antreten müssen. Noch eine Hängepartie, ging es David durch den Kopf, und er gab sich einen Ruck.

Der Karikaturist war gut, er hatte die Gesichter getroffen, ihn, den Pflichtverteidiger, hatte er mit einem *summa cum laude* auf dem Rücken beglückt, dem Staatsanwalt, ihm war mehr Volumen zugebilligt worden, als diesem lieb sein konnte, platzte der Kragen. Im Hintergrund saß eine unscheinbare Figur auf einer Bank vor einem Friedhof, das Zählen der Kreuze erübrigte sich. Emilie war am besten getroffen. Der Frau auf dieser Bank sah man nichts an. Was hingegen nur dem Wunsch des Karikaturisten oder auch des Publikums entsprach, war die überzeichnete Wut des Staatsanwalts. Pichler hatte im Gerichtssaal nicht reagiert, bei Davids Auftritt nicht mit der Wimper gezuckt.

Pichlers Augenbrauen erinnerten David an seinen Vater: Brauen wie Fühler, ein Wildwuchs, nie gestutzt. Das alte, wuchtige Brillenmodell passte dazu, war kein Accessoire, ganz im Gegensatz zu der goldenen Uhr, die Pichler an einem Kettchen in der Hosentasche trug und die er, wann immer es ihm opportun erschien, hervorzog.

Irgendwann hängst du ab, hatte Davids Vater einmal gesagt, dann versuchst du nur noch, dich auf dem Stand zu halten, den du dir erarbeitet hast, weil du nicht mehr weiterkommst, nicht mehr weiter kannst. Wie David über Pichler dachte, so dachte womöglich Pichler vor Jahren über einen älteren Kollegen. Der Staatsanwalt war weit entfernt davon abzuhängen, der Mann hatte noch ein Ass im Ärmel. In den ersten Prozesstagen kam es nicht so sehr darauf an, wer punktete. Wirkungstreffer waren so und so keine darunter gewesen. Sein Kontrahent hatte über tausend Prozesstage hinter sich. So schnell machte niemand Pichler etwas vor, schon gar nicht er, David, der Grünschnabel. Das wäre treffend gewesen, wenn ihn der Karikaturist als vorwitzigen Grünschnabel dargestellt hätte, denn so fühlte er sich. Mit Wucht köpfte David das Frühstücksei.

Einen Privatdetektiv hätte er jetzt gebraucht, einen wie Matula. Womöglich hätte man mit den Spendengeldern, die für seine Ablösung als Pflichtverteidiger gesammelt worden waren, einen Privatdetektiv bezahlen können. Einen, der die vom Staatsanwalt geladenen Zeuginnen und Zeugen durchleuchtete oder, noch besser, der den *Dritten Mann* lieferte, den Schuldigen, der den Sterbenskranken das Gift eingeflößt hatte.

Einen wie Matula gab es nicht, Privatdetektive, das schon, doch die Erfolgsquote Matulas war nur im Fernsehen zu haben.

David riss die Seite mit dem Sudoku aus der Zeitung und legte sie zu den andern. Margarethe und er würden einige Abende zu tun haben. Höchste Zeit, dass sie zurückkehrte … David schüttelte den Kopf. An den Dritten Mann glaubte nicht einmal er. Ganz egal, ob dieser nun aus dem Nichts zu kommen hätte oder gar ein Komplize Emilies wäre, für beide Varianten gab es nicht den geringsten Anhaltspunkt.

Zu den zwölf geladenen Zeuginnen und Zeugen des Staatsanwalts hatte David lediglich drei weitere hinzugefügt, von denen er inzwischen wohl weniger wusste als Pichler. Ganz zu schweigen von den anderen zwölf. David drückte ein weiteres Mal den Knopf der Kaffeemaschine. Sicher war nur, dass diese Zeugen kein gutes Bild von Emilie zeichnen würden. Ob heißblütige Hexe oder eiskalter Todesengel, immer tiefer stand seine Mandantin im Zement … »Schiefes Bild!« fuhr David die Kaffeemaschine an, die den Dienst versagte. Ging es um Vergeltung? Sollte er darüber nachdenken? War es folgerichtig, dass die Kaffeemaschine genau dann den Geist aufgab, wenn ihm nichts mehr einfiel? Oder war das nur in schlechten Filmen so? Was rechtfertigte eine Strafe für diese Taten, die Emilie oder wer auch immer begangen hatte, die womöglich in den Augen der Opfer keine kriminellen, sondern gute Taten waren? Die Toten also weder Opfer noch Geschädigte waren, die präventive Wirkung einer Bestrafung seiner Mandantin nur dem Egoismus jener diente, die einen leidenden Menschen – aus Feigheit, der eigenen Schwäche wegen – nicht gehen lassen wollten. War das ein Plot? Es war nur das Wasser, das fehlte, stellte David fest. Er goss nach, drückte erneut auf den Knopf und das vertraute Geräusch des Mahlens setzte ein. Vielleicht ließ sich mit dem Dritten Mann Zeit gewinnen; Wasser auf die Mühlen der Justiz, auf seine Mühlen. Ein Drehbuch war das noch nicht, doch er bekäme Zeit, an seiner Strategie zu arbeiten, sich überhaupt so etwas wie eine Strategie zurechtzulegen. Schnitt.

Was wusste er über den ermittelnden Hauptkommissar? Sollte er an der Professionalität von – wie hieß der Mann noch gleich? – zweifeln? Vielleicht hatte der Hauptkommissar schlampig gearbeitet, Beweismaterial nicht richtig eingetütet. Welches Beweismaterial? Es gab keines. Material gab es zuhauf, beweiskräftig war nichts davon. David hatte die Liste studiert und den Begriffen Bedeutung beizumessen versucht, vergebens; da waren Becher, Reagenzgläser, Pipetten und Handschuhe, Desinfektions- und Reinigungsmittel, ein alter Teddybär und zwei abgebrannte Kerzen, ein kaputter Weltempfänger, eine elektrische Zahnbürste, Teekocher, Stirnlampe, Frostschutzmittel, sogar eine angebrauchte Packung Vogelfutter fand sich auf der Liste, und sichergestellte Fachliteratur, die beiden Dankesbriefe nicht zu vergessen, doch für die hatte er sich etwas ausgedacht.

David hatte den Fall Emilie T. angenommen, um auf andere Gedanken zu kommen, um nicht mehr weiter an Margarethe zu denken, die ihn verlassen hatte; weil er sie doch hatte heiraten wollen, die Bindung festigen, er, ein aufstrebender Jurist, integer, arbeitswillig und verlässlich, war verschmäht, auf den Antrag hin verlassen worden.

Frisch geduscht setzte sich David, ein Paar schwarze Socken in der Hand, auf die Bettkante, überlegte, wo er die Verlobungsringe aufbewahrt hatte, und schüttelte erneut den Kopf. Er hatte eigens Verlobungsringe gekauft, blickte auf seine Zehen, dachte an den Nagelknipser und streifte sich unverrichteter Dinge die Socken über die Füße. Eine Ahnung hatte er, mehrere Ahnungen, aber diesen zu folgen, war er bislang nicht willens gewesen, hatte sich stattdessen mit Emilie einen Fall aufgebürdet, der seine ganze Konzentration verlangte. Selbst wenn er Gewissheit über Margarethes Entscheidung bekäme, so es in solchen Fällen Gewissheit gab, rückgängig machen würde sie diese nicht. Es sei denn …

David nahm ein frisches Hemd aus dem Schrank, sein Körper glitt in den Stoff, aufrecht stand er da, die Augen geschlossen. Mechanisch nahmen sich die Finger einen Knopf nach dem andern vor. David verscheuchte Gedanken, die mit *Es sei denn* anfingen, blieb aufrecht, blieb, die Schultern nach hinten gedrückt, vor dem Spiegel stehen, verharrte unschlüssig. Gab es eindeutige Fälle? David öffnete die Augen und band sich die Krawatte, wie es ihn einst der Vater gelehrt hatte. Seit Margarethe weg war, vermisste er auch wieder seinen Vater. Vom einen Tag auf den andern war er ausgewandert, einige Vollmachten hinterlassend. Dass es ihm gut gehe, ließ er den Sohn von Zeit zu Zeit wissen; Ansichtskarten, die David an die Kühlschranktür klebte. Hatte sich der Karten wegen so etwas wie Sehnsucht angestaut? Ohne die sichtbaren Grüße aus Thailand würde er jetzt nicht an den Vater denken. Höhere Psychologie, ging es David durch den Kopf, davon verstand er nichts.

Wenk, so hieß der Mann, Hauptkommissar Wenk, überdurchschnittliche Aufklärungsquote, arbeitete womöglich mit unlauteren Mitteln. Die Krankenakte von Emilies Vater – sie war nicht auf der Liste der Beweismittel aufgeführt – hatte sich Pichler wohl auf anderen Wegen beschafft. Selbst wenn Wenk diese der Staatsanwaltschaft zugespielt hätte, wäre das illegal gewesen? Hätte er im Gerichtssaal nachhaken sollen?

Der Schlaf ist mein Richter, hörte David seine innere Stimme sagen. Einen besseren Gradmesser kannte er nicht. War der Tag gut, war es auch der darauf folgende Schlaf, wenn nicht, dann nicht. Eine vierfache Prüfung als Hängepartie … Margarethe hatte ihn immer wieder aufgefordert, seine Träume zu notieren. Sie hätte ihm für heute eine bevorstehende Vierteilung prophezeit. Wen wundert's, bei deinem Lebenswandel, wen wundert's! Auch Margarethes Stimme hatte David im Ohr, und er hörte jetzt, wie die beiden Metallverschlüsse seines Aktenkoffers einschnappten. Den Umgang mit seinen Träumen würde David nicht ändern, solche Akten gar nicht erst anlegen; denn was nicht angelegt war, musste er zu einem späteren Zeitpunkt auch nicht suchen. Das Vergessen war eine Gabe, welcher David, was seine Alpträume betraf, keinesfalls zuwiderhandeln wollte.

Was galt es zu beweisen? Doch nur, dass es nichts zu beweisen gab. *Wo kein Licht hingelangt, dort bleibt es dunkel.* Der Psychologe hatte gesprochen.

Auch Pichler spielte alles oder nichts. Die Anklage lautete auf Mord. Einige der Todesfälle hätten durchaus eine Anklage wegen passiver Sterbehilfe oder Beihilfe zum Selbstmord nahegelegt. Pichler würde die beiden Varianten lediglich als Steigbügel für seine Mordanklage benützen, wenn überhaupt.

Vor dem Spiegel schlüpfte David in sein Sakko. Die Uniform saß. So schlecht hatte er sich gestern nicht geschlagen, eine unerledigte vierfache Prüfung änderte daran wenig, mahnte ihn lediglich zur Vorsicht. Er war auf der richtigen Spur oder dann auf keiner, was in diesem Fall auf dasselbe hinauslief. Um die geladenen Zeugen, insbesondere die Zwillinge eines Verstorbenen, die den Tod des Vaters nicht verwunden hatten, würde er sich später kümmern.

David schluckte zwei Tabletten. Vielleicht gelänge es ihm, Wenk als Mitstreiter zu gewinnen, dieser Mann war ein getreuer Ermittler des Staates, ein bezahlter Diener der Gerechtigkeit, der nur auf Fakten aus war und sich nicht an Spekulationen beteiligte.

Wenig später fand sich David in einem Laden, wo er einen dieser Stifte kaufte, die es neuerdings gab, um Augenringe zu verbergen. Das hatte er aus der Fernsehwerbung mitbekommen. Falls das Ding nichts nützte, würde es ihm wohl auch nicht schaden. Als David aber an der Kasse stand, befiel ihn das ungute Gefühl, beobachtet zu werden. Selbstverständlich hatte Pichler auch einen Mann auf ihn angesetzt, für alle Fälle. Ein Stift gegen Augenringe würde jedoch nur schwerlich gegen ihn verwendet werden können. Dennoch überlegte sich David eine Replik, auch für diesen Fall.

Es war das dritte Mal an diesem Tag, dass er lächelte. Mit dem bisschen Verfolgungswahn würde er zurechtkommen, das gehörte zum Beruf. Die Euphorie kam nicht von ungefähr; in der Trambahn hatte David den Kommentar zu einem Schachproblem gelesen und darob seine eigene Strategie gefunden. Es war jene Strategie, die er schon verfolgt hatte, seit ihm der Fall Emilie T. zugewiesen worden war, jetzt aber kannte er auch den Namen, den Begriff, und das war gut so. Daran würde er sich die nächsten Tage festhalten.

Staatsanwalt Pichler begrüßte den jungen Verteidiger zum zweiten Durchgang mit aller Höflichkeit und legte eine Beschwingtheit an den Tag, die David schwarz vor Augen werden ließ. Oder es lag an der Erscheinung des Hauptkommissars: Wenk war ein stattlicher Beamter von zwei Metern Länge. Der Mann war Mitte fünfzig und ohne Bauchansatz, ausgestattet mit einem mächtigen Kiefer; Raubtier oder Wiederkäuer, David mochte sich nicht entscheiden.

Der Hauptkommissar gehörte in sein Beuteschema und nicht umgekehrt, und David rief sich jenen Sattel in Erinnerung, in dem er gestern noch so fest zu sitzen schien, tastete nach einem Lasso und schielte zu Emilie. Auf seine Mandantin war Verlass, sie saß da wie ehedem, als hätte sie ihren Platz in der Zwischenzeit nicht verlassen.

Wenk wirkte nicht nur selbstsicher, er war es auch; rasiert und ausgeschlafen, wie ein Fels in der Brandung des Allzumenschlichen, so saß der Hauptkommissar, ein Mann von Charakter, auf seinem Stuhl. Den mehrfachen Polizeimeister im Judo würde so schnell nichts erschüttern.

Wenk und Pichler waren ein eingespieltes Team, hatten schon manchen Verbrecher seiner gerechten Strafe zugeführt, sich mehrfach der Steuergelder würdig erwiesen. Dass sich auch solche Menschen irren können, war ein Gedanke, an dem sich zu Beginn des zweiten Prozesstages wohl einzig David festhielt. Und Emilie. Vielleicht auch Emilie.

Ob seine eigene Fassade hielt, wusste David nicht, den Spiegel auf der Toilette des Gerichtsgebäudes hatte er gemieden. Ihm war, als wäre sein Kopf verstopft. Müde und nervös zugleich hatte er noch zwei Tabletten genommen, um einer Last entgegenzuwirken, die er nicht einzuschätzen wusste, die sowohl den Geist als auch den Körper betraf. David war über Nacht um Jahre gealtert, danach fühlte es sich jedenfalls an.

Der Gerichtssaal von heute war nicht der Gerichtssaal von gestern. Ohne Emilie hätte er sich verloren gefühlt. Sie war ihm zu einer vertrauten Unvertrauten geworden, hielt die Hände im Schoß und harrte der Dinge. Wäre sie auf einer Parkbank, in einem Zugabteil oder auf seiner Bettkante gehockt, sie hätte denselben Anblick geboten. Manchmal starrte sie in die Leere, dann ließ sie ihren Blick umherschweifen. Für einen Moment spielte David mit dem Gedanken, seiner Mandantin ein sauberes Taschentuch zuzustecken, strich sich aber stattdessen die feuchten Hände an den Hosenbeinen ab.

Zu was ihn seine Hilflosigkeit auch triebe, Emilie würde es mit einem Schweigen quittieren. Er nickte ihr also lediglich zu in der Hoffnung, die Geste möge als Zuversicht bei ihr ankommen. Oder wenigstens bei ihm. Wäre Margarethe an Emilies Stelle gewesen, David hätte ein Gewitter erlebt. Weil Margarethe im Zweifelsfall gegen das Schweigen war, wären ihm harte Worte nicht erspart geblieben: Es reicht völlig aus, wenn du dich selbst belügst, lass mich gefälligst aus dem Spiel. So oder so ähnlich. David hatte einige Variationen zum Thema gespeichert und schüttelte energisch den Kopf.

Privates hatte im Gerichtsaal nichts verloren, die Verlobungsringe waren bestimmt in der Schublade, wo auch der Nagelknipser lag. Dem fragenden Blick der Richterin begegnete er mit einem spontanen Lächeln. In aller Entschiedenheit richtete David die Krawatte, streckte den Rücken durch und ermahnte sich seiner Pflichten.

Wenks Antworten auf Pichlers Fragen waren präzis: »In neunundzwanzig Fällen hat die Angeklagte den Tod gemeldet, worauf der zuständige Arzt diesen bestätigte.« Pichler nickte, hakte nach und Wenk gab Auskunft, dass in weiteren acht Fällen die Anwesenheit der Angeklagten am Sterbebett durch Zeugenaussagen belegt sei. Wie viele der Opfer nicht mehr selbst in der Lage gewesen seien zu trinken, wollte Pichler wissen, und Wenk antwortete, dass nach den

Aussagen der Ärzte alle verstorbenen Patienten in ihren letzten Lebenstagen das Bett nicht mehr selbstständig hätten verlassen können. Mehr als dreißig der Betroffenen seien beim Zuführen von Nahrung und Flüssigkeit auf fremde Hilfe angewiesen gewesen.

Jemand musste bei der Einnahme des Gifts nachgeholfen haben. Diejenige Person, die den Becher mit dem Strohhalm hingehalten hatte, war eine Mörderin, hatte sich zumindest der aktiven Sterbehilfe oder der Beihilfe zum Selbstmord schuldig gemacht. Waren die Opfer Mitwisser und Mittäter oder handelte es sich um nichts ahnende Sterbenskranke, die beschleunigt in den Tod befördert worden waren? Doch genau genommen, und darauf kam es an, wusste niemand, durch wessen Hand das Gift in die Körper der Toten gelangt war.

David erhob zweimal Einspruch, weil Pichler den Kommissar zu Spekulationen aufgefordert hatte. Die Einsprüche hatten aber lediglich zur Folge, dass Pichler seinerseits die Antworten gab, indem er diese in eine der Folgefragen verpackte. Pichler war ein Meister des Konjunktivs.

Der Staatsanwalt fragte nicht nach einer möglichen Mittäterschaft der Opfer oder der Angehörigen. Pichler hatte auch nie, was David eine Zeitlang befürchtete, Beugehaft für jene Angehörigen beantragt, die die Aussage verweigerten. Der Staatsanwalt agierte konsequent nach dem Ausschlussverfahren, und als er seine Befragung abgeschlossen hatte, schien festzustehen, dass nur die Angeklagte für die Taten infrage kam.

Da die Taten nachweislich begangen worden waren, hätte man direkt zur Urteilsverkündung schreiten können. Der Hauptkommissar hatte auch das Tatmotiv geliefert, hergeleitet aus der Geschichte von Emilies Vater, einer Geschichte, die gewiss durch spätere Anhörungen von Zeugen abgestützt werden würde und, was für David ärgerlich war, einer Geschichte, von der er bislang nichts gewusst hatte: Emilies Vater war vor vielen Jahren der aktiven Sterbehilfe verdächtigt worden. Die Anklage wurde damals aus Mangel an Beweisen fallengelassen, doch Pichler war es geglückt, den langen Schatten des Vaters auf die Tochter zu projizieren. Emilie war ein Einzelkind gewesen, die Mutter früh gestorben. Es würde genügend Zeugen geben, die eine enge Bindung zwischen Vater und Tochter bestätigten.

Kein Wunder, bekamen die bei der Angeklagten gefundenen Dankesbriefe das Gewicht eines Geständnisses. Und: Es war nicht länger erforderlich, von Emilie selbst etwas zu den Anschuldigungen zu hören.

Der Pflichtverteidiger erhob sich und ging langsam auf den Hauptkommissar zu. David verzog keine Miene, er ließ sich Zeit, schaute an Wenk vorbei, sah das Schachbrett vor sich, den Springer, wie er sich vom Rand ins Zentrum bewegte, die Partie wieder öffnete. Noch war nichts entschieden. Er spürte Wenks Blick, noch aber würde er diesen nicht erwidern. Locker hielt David die Zügel in der Hand, erkundigte sich wie nebenbei nach der Methode der Ermittlungen. Ob denn dieses Ausschlussverfahren üblich sei oder doch eher erst bei akutem Mangel an Beweisen einsetze.

David hatte die Frage mehr der Richterin als dem Hauptkommissar gestellt. Wenk ließ sich allerdings nicht beirren, wusste, dass er angesprochen war und antwortete ohne Zögern: »Wir sichern Spuren, gehen Verdachtsmomenten nach, nehmen Aussagen auf, sammeln alles Relevante, Indizien und Beweise, bis ein Zusammenhang ersichtlich wird und der Täter überführt ist.« Wenk hatte jedes Wort einzeln betont, den ganzen Satz ohne Eile vorgetragen. David gab das Gehörte in eigenen Worten wieder; man würde also Puzzleteile zusammensetzen, immer so lange suchen, bis die Teile ineinanderpassten. Wenk war nicht dumm und antwortete, er verstünde die Frage nicht.

David wechselte den Jargon, fragte den Hauptkommissar nach den Gliedern einer Indizienkette, ob man denn, wenn ein Glied passte, und zwar einwandfrei, noch nach einem weiteren Glied suche, das an dieselbe Stelle passen könnte. Wenk antwortete nicht sofort, hatte instinktsicher gemerkt, dass ihn der Pflichtverteidiger aufs Glatteis führen wollte. Doch fand er es wohl unschicklich, sich ein weiteres Mal aufs Nichtverstehen zu berufen, und sagte: »Entweder passt ein Glied in die Indizienkette oder es passt nicht.« David hielt seinen fragenden Blick aufrecht, schaute wiederum mehr die Richterin als den Hauptkommissar an, und Wenk fügte achselzuckend hinzu: »Wenn's passt, dann passt's.«

Pichler räusperte sich vernehmlich, zog seine Uhr aus der Hosentasche, erhob aber keinen Einspruch.

Er gehe also recht in der Annahme, referierte der Pflichtverteidiger in bedächtigem Ton weiter – denn er wollte Wenk das Zaumzeug noch nicht spüren lassen –, dass dem Hauptkommissar bei diesem Fall nie der Gedanke an den Dritten Mann gekommen sei. Pichler erhob Einspruch, kaum hatte David die Frage zu Ende formuliert. »Einspruch wegen Irreführung.« Diesmal sah sich die Richterin genötigt, den Staatsanwalt zurechtzuweisen, belehrte ihn, dass der Dritte Mann ganz gewiss zum Fachvokabular eines ermittelnden Hauptkommissars gehöre, von einer Irreführung also nicht die Rede sein könne.

Das wusste auch Pichler, doch hatte er Wenk Zeit verschaffen wollen. Der Kommissar, merklich blasser im Gesicht als noch zu Beginn der Anhörung, mahlte mit seinem Kiefer, hatte wohl den Knebel bemerkt und ging zum Angriff über: »Wenn es in diesem Fall einen Dritten Mann gibt, dann verfügt dieser über die Gabe des Sich-unsichtbar-Machens.« Darauf hatte David gewartet. Er entschuldige sich im Voraus für die derbe Wortwahl, zu der er sich nun genötigt sehe, und hakte, die Zügel nun fest in der Hand, nach: »Mit anderen Worten: verdammt gut versteckt.«

Der Einspruch erschallte, als hätte Pichler ein Megaphon zur Hand genommen. Wenk hielt in seinem angedeuteten Nicken mit offener Kinnlade inne, David schaute den Kollegen mit großen Augen an, während dieser seinen Einspruch damit begründete, der Kommissar habe die Frage bereits beantwortet. David wandte seinen Blick der Richterin zu, die ein »Stattgegeben« verlauten ließ und zu einer anderen Wortwahl ermahnte, was David dazu veranlasste, einen Schritt auf die Richterin zuzugehen und um eine kurze Unterredung zu bitten.

Das Gespräch der beiden dauerte länger als üblich,

und obwohl sich das Publikum ruhig verhielt, weniger aus Anstand, wohl aber aus Neugier, war nichts zu vernehmen. Nach der Unterredung ordnete die Richterin den Fortgang des Prozesses an. Ohne weitere Erklärung.

Die Stimmung im Saal war plötzlich eine andere, allen Anwesenden schien klar geworden, dass das Vorspiel zu Ende war, ab sofort würde es ernst.

Die Frage, die er gleich Wenk stellen würde, sollte von allen verstanden werden, dachte David, jede und jeder im Saal sollte seine Frage nicht nur hören, sondern sich selbst angesprochen fühlen. Er wandte sich dem Hauptkommissar zu und suchte dessen Blick. Es war eine Frage des Stolzes, Wenk würde ihm nicht ausweichen wollen, und dies war der richtige Moment: »Hauptkommissar Wenk, wenn in einem Fall etwas nicht gefunden wird, und man schließt daraus, dass es dieses Etwas nicht gibt; und man im gleichen Fall etwas anderes ebenfalls nicht findet und zum Schluss kommt, dieses Andere gebe es sehr wohl, es sei nur eben verdammt gut versteckt, dann liegt der Schluss nahe, dass es sich dabei um einen Widerspruch handelt, nicht wahr?«

Vom charmanten Unterton, den David noch vor der Unterredung mit der Richterin angeschlagen hatte, war nichts mehr zu spüren gewesen. Wenk hatte den Mund wieder geschlossen, machte nun aber seinerseits große Augen, Pichler erhob vergebens Einspruch, im Publikum war ein Raunen zu vernehmen, die Richterin ordnete energisch Ruhe an, der Kommissar hatte noch immer nicht verstanden, worauf die Frage abzielte, der Staatsanwalt schüttelte den Kopf, fingerte an der Kette seiner Uhr, und Wenk spürte, nein, war sich gewiss, dass er mit einem Ja der Verteidigung entsprechen würde.

David, die Ruhe selbst, fragte, ob er die Frage wiederholen solle. Der Hauptkommissar winkte ab, schien allmählich die Nase voll zu haben und entgegnete barsch, auf diese Weise würden sie jedenfalls bestimmt nicht schlussfolgern. Dann, fuhr David fort, ohne die kleinste Unterbrechung zuzulassen, hätten sie beide ein Problem zu lösen: »Entweder gibt es weder den Dritten Mann noch das Natriumpentobarbital im Umfeld meiner Mandantin oder aber, falls man weiterhin auf der Existenz dieses Gifts besteht, muss man dies wohl doch mit derselben Beharrlichkeit hinsichtlich der Existenz des Dritten Mannes tun. Welche Variante also, Hauptkommissar Wenk, entspricht Ihrer Methode?«

Als wäre unmerklich ein Notfallprogramm gestartet worden, legte der Kommissar dar, dass die Methode kriminalistischer Ermittlungen auf dem Sicherstellen von Beweisen und Fakten beruhe, dem Vernehmen von Zeugen, alle gesicherten Materialien und Informationen sodann nach dem Schema Ursache und Wirkung zueinander in Verbindung gebracht würden. Alles in allem hörte man eine Variation jenes Sermons, den Wenk bei seiner ersten Aussage schon einmal von sich gegeben hatte.

»Fein«, kommentierte David die Ausführungen des Beamten und fügte hinzu, es sei sowieso an der Zeit, zu den Fakten zu kommen. Man habe also keinen Dritten Mann gefunden, weder einen Komplizen noch einen gänzlich Unbekannten. Wenk quittierte mit Ja. »Sie schließen daraus, dass es keinen solchen Dritten Mann gibt?« David rechnete mit einem Einspruch Pichlers, der aber kam nicht. Vielleicht hatte der Kollege entschieden, Wenk nun auszusitzen. Der Hauptkommissar, der seinerseits die Freude am Verhör verloren hatte, sagte: »Nach meiner Erfahrung, ja.« David nahm die Einladung an und setzte nach, dass Erfahrung, obwohl von Wenk bisher nicht genannt, offenbar zu den zentralen Ermittlungsmethoden gehöre. Wenk blickte zu Pichler, doch Pichler schaute demonstrativ zur Decke. Also bejahte der Kommissar auch dies. »Dennoch gehen Sie so unvoreingenommen wie möglich an einen neuen Fall heran?« – Wenk nickte, die Richterin forderte ihn auf, mit Ja oder mit Nein zu antworten, der Mann zeigte seine Zähne und zischte ein Ja hervor, als wolle er im selben Moment das Zaumzeug durchbeißen. »Heißt das nicht auch, dass jeder neuerliche Fall ganz anders sein könnte als die vorangegangenen?« Wenk bejahte. »Sie haben bei Ihren Ermittlungen im Umfeld der Angeklagten kein Natriumpentobarbital gefunden, korrekt?« Wenk bejahte. »Legt Ihre Erfahrung als Hauptkommissar den Schluss nahe, dass die Stoffe womöglich gar nicht vorhanden sind?« Wenk sagte: »Nein.«

Das Publikum reagierte heftiger denn je: Mehrere pfiffen, einer rief »Schiebung!«, als befände man sich nicht mehr in einem Gerichtssaal, sondern in einem Fußballstadion. Die Richterin drohte, den Saal räumen zu lassen, ließ aber die Rote Karte stecken. Die letzte Frage, ob der Kommissar gelegentlich Lotto spiele, verkniff sich David. Wenk hatte seinen Dienst getan, allen Scheuklappen zum Trotz.

III

Einige Minuten schon stand David unverrückt am Fenster des Wohnzimmers und betrachtete den Mond, das leere Wasserglas in der Linken. Die Hand zitterte. So sehr David auch den Mond anstarrte, sich bemühte, nichts zu denken, die Hand zitterte. Er fühlte sich auf eigenartige Weise versehrt. Ein anderes Wort fiel ihm nicht ein. Ein Gefühl wie nach dem Zahnarzt, wenn die Wirkung des Anästhetikums nachließ, der Druck zunahm und das Pochen einsetzte, als würde der Schädel demnächst platzen.

Wodurch wurde das Denken eines Menschen gelenkt? Durch die Umstände. Durch das, was einer im Kopf hatte. Durch andere Menschen. Manipulation also. Was er anzurichten im Begriff war, würde früher oder später auf ihn zurückfallen; eines Tages säße er Wenk wieder gegenüber, würde vom Hauptkommissar verhört werden eines Vergehens wegen, von dem er nichts wusste, das er begangen oder auch nicht begangen hatte. Judoka Wenk würde so lange seine Wurftechniken an ihm ausführen, bis er nicht mehr aufstand; zum Zeichen der Aufgabe auf die Matte klopfte in der Hoffnung, man ließe ihn wieder auf die Beine kommen, weil er doch die vierfache Prüfung noch immer nicht abgelegt hatte.

Ein Wolkenfetzen ergänzte die blaue Stunde, schob sich allmählich vor die Mondsichel. David hielt jetzt das Glas mit beiden Händen. Die Schallplatte, die er aufgelegt hatte, drehte noch immer ihre Runden. Der Arm des Plattenspielers hatte sich nicht, wie das für gewöhnlich geschah, von allein wieder in die Ausgangsposition gebracht, und so drehte sich auch der Plattenteller weiter, die Nadel hing seit geraumer Zeit schon in der Endrille.

In Sachen Musik war David konservativ, war bis heute nicht im digitalen Zeitalter angekommen, stattdessen pflegte er weiterhin seine Vinylplatten. Eine stolze Sammlung, die keine Ergänzungen mehr erfuhr, dieser aber auch nicht bedurfte. Er beugte sich über den Plattenspieler, vergewisserte sich, dass das Glas in seinen Händen leer war und beobachtete, wie die Nadel in der Endrille nach Klängen suchte. Ein leises Rauschen war über die Lautsprecher zu vernehmen, mehr nicht. Das Ende von *Friday Night in San Francisco.*

Das Ende eines Gitarrenkonzerts, das vor Jahrzehnten aufgezeichnet worden war, das ihm Bernhard zum dreiundzwanzigsten Geburtstag geschenkt hatte. David liebte die Aufnahme, sie katapultierte ihn zurück in die Kindheit. Das hatte Bernhard damals nicht bedacht, ihm war es darum gegangen, David auf die Aufnahmetechnik aufmerksam zu machen; wie man gezielt die einzelnen Gitarren auf verschiedenen Kanälen aufgenommen und dann nach bestem Wissen und Gewissen abgemischt hatte, um so einen Live-Mitschnitt herzustellen, der höchsten Hörgenuss bot. Was jedoch David beglückte, war das *Pink-Panther*-Thema, das in einem der Stücke als Improvisation eingebaut war. Der rosarote Panther, die Comic-Figur, hatte ihn von früh auf, wohl seit er denken konnte, begleitet: »Wer hat an der Uhr gedreht, ist es wirklich schon so spät?«

Seither war es immer nur später geworden. In der größten Not jedoch hielt die Musik David zusammen. Wurde es ihm zu düster, wandte er sich seinen Langspielplatten zu, wählte eine Aufnahme, ließ die Platte noch einen Moment in ihrer Schutzhülle, bis er sie herauszog, behutsam auf den Plattenteller legte, den Plattenputzer übers Vinyl gleiten ließ und die Nadel sanft in die Anfangsrillen setzte.

Blieb noch das Rauschen. David starrte noch immer auf die Nadel. Sie hatte sich in einer Endlosschlaufe verloren. Emilie. Das war Emilie. Ein Rauschen in seinem Kopf, ein monotones, gleichbleibendes Rauschen. Jene Musik, die Emilie womöglich zuvor gespielt hatte, war ungehört verklungen. Auch Emilie hatte eine Geschichte, war gezeichnet worden, war ein Mensch, hatte gelebt, hatte andere gepflegt, wurde geprägt, würde bald geteert und gefedert oder gefeiert. David fehlte jede Melodie. Er hob den Arm des Plattenspielers, der Antrieb des Tellers setzte aus, und er führte den Tonabnehmer zurück in die Verankerung. An der Nadel hatte sich ein Stäubchen verfangen. David pustete es weg. Der Plattenteller stand still.

Bevor David seinerseits zum Erliegen kam, hob er mechanisch das Vinyl von der Unterlage, schob die Platte langsam in die Folie, dann beides zurück in die Schutzhülle und alles wieder an den dafür vorgesehenen Platz.

Die Dinge fügen sich von selbst ineinander, dachte David, Geduld, sagte jemand in seinem Kopf, und David verspürte Hunger. Vielleicht war ihm deswegen so flau, wankte er auch nur deshalb, sein Körper brauchte Nahrung, Brennstoff, dringend, Ausrufezeichen. Er dachte an die Tiefkühlpizza, schaute noch einmal nach dem Mond und zog die Vorhänge zu.

David nahm den Korkenzieher zur Hand und studierte das Etikett der Weinflasche: *Humagne rouge.* Er hätte nicht zu lesen brauchen, er kannte den Wein, ließ sich vom selben alljährlich einige Kisten liefern. Doch das Lesen half, die Dinge würden sich von selbst ineinanderfügen. David entkorkte die Flasche.

Jeder Handgriff, jedes Ausweichmanöver kam zu spät. Die Indizienkette hatte Schwachstellen, doch Pichler hatte mit seinen ersten beiden Zeuginnen das Bild wieder gerade gerückt, jenes Bild, das vor Prozessbeginn schon einmal klar umrissen gewesen war. Die Aussagen der Stationsschwester ließen keinen Zweifel, dass Emilie in mehreren Fällen die letzte Person beim Opfer gewesen war. »Ja, Emilie war vor Ort.«

Die Antwort hallte in Davids Schädel nach. Emilie hatte nicht jeden Tod gemeldet, und das war ein schwerwiegender Regelverstoß, sprach eindeutig gegen seine Mandantin.

Irgendwann war es ihr zu viel geworden, all die Toten. Warum suchten sich die Sterbewilligen Emilie aus?

Dass jemand auf dem Sterbebett ausharrt, bis ein bestimmter Mensch eingetroffen ist, war bekannt, doch ging es in diesen Fällen um starke emotionale Bindungen, um Liebe, um Familienbande. Es gab keinen guten Grund, auf Emilie zu warten, es sei denn …

Es sei denn, man sah in ihr eine Erlöserin. Jemand, der mehr als gute Worte übrig hatte, der von Homöopathie wenig hielt, sondern jenen Stoff brachte, der wirkte.

Und die Ahnungslosen? Hatte es auch sie gegeben? Hatte Emilie T. auch Sterbenskranke in den Tod befördert ohne deren Wissen? Unwillige?

Das Einflößen von Flüssigkeit gehörte zu ihren täglichen Aufgaben, es wäre ihr ein Leichtes gewesen, Patienten zu täuschen.

David aß gierig. Seit dem Frühstück hatte er nichts mehr zu sich genommen. Die Pizza schmeckte wie deren Vorgänger auch, der Hunger trieb's rein. David nahm einen großen Schluck Rotwein und spülte die zerkaute Pampe runter. Mit der Zunge versuchte er, einen Pizzarest aus jener Kuhle zu pulen, die der Weisheitszahn hinterlassen hatte, eine Vertiefung, in der sich immer wieder Speisereste verfingen, die auch, so sein Zahnarzt, bleiben würde: »Mit solch einem Kollateralschaden lässt sich leben.« Der Zahnarzt hatte tatsächlich *Kollateralschaden* gesagt. Und gegrinst.

David biss erneut zu, schaltete den Fernseher ein und sah, wie er das Gerichtsgebäude verließ. Zuvor hatte er in eine Reihe von Mikrofonen »Kein Kommentar« gesagt, wohlweislich oder instinktiv; richtig überlegt war das nicht gewesen, doch schien ihm jetzt, dass er richtig gehandelt hatte.

Die Journalisten hatten ihre Freude daran, dass die Sache nicht so glatt lief, wie im Vorfeld angenommen. Die ersten hofften, die Geschichte möge sich bis ins Sommerloch hinziehen; mit den abschließenden Worten des Fernsehreporters: »Es ist ein langer Weg bis Wagadugu.«

Das Unberechenbare war in offenen Rechnungen juristischer Art stets angelegt, wer zu viel rechnete, zerbrach, wer die Augen verschloss, erlebte ein böses Erwachen. Das Denken lenken? – Stattdessen galt es zu schlucken, weiterzukauen, sich nicht unterkriegen zu lassen. Das war noch keine Strategie, doch es war die Bedingung zur Möglichkeit einer solchen. Eine gute Strategie führte niemals um den Berg herum, sondern immer dessen schmalen Grad entlang, ungesichert, Schritt für Schritt.

Schluck für Schluck.

Er würde ausharren in seiner Pflichtverteidigerpflicht, würde die – aus aktuellem Anlass, wie es hieß – ins Programm eingefügte Gesprächsrunde über sich ergehen lassen. Ein illustrer Kreis war vom Sender angekündigt worden: eine Journalistin, ein emeritierter Rechtsprofessor, ein Schriftsteller und eine Vertreterin einer Schweizer Sterbehilfe-Organisation.

David warf die Reste der Pizza in den Müll, öffnete abermals das Gefrierfach und langte nach dem Vanille-Eis. Kollateralschaden hin oder her, heute war ein Tag der Belohnung, er würde sich zum Eis die ganze Dose Sprühsahne gönnen.

Als er sich aufrichtete und die Tür des Kühlschrankes schloss, fiel sein Blick auf die Ansichtskarten des Vaters. David löste jene von der Tür, die erst vor wenigen Tagen eingetroffen war, und wendete sie: »Alles klar bei dir, Junge? Komm doch mal rüber, Ko Samui empfängt sogar Juristen! Herzlich! Dein Alter.«

Vielleicht hatte sein Vater doch alles richtig gemacht. David setzte den Magneten wieder auf die Karte und bereitete das Eis zu. Ganz verziehen hatte er ihm noch nicht. Auch wenn die Notwendigkeit von Vaters Abreise damals nicht von der Hand zu weisen war … Wer hätte damit rechnen können, dass Mutter bei diesem Routineeingriff nicht mehr vom Operationstisch käme? Herzstillstand.

David hatte klagen wollen, gegen die Klinik, den Operateur, gegen die Welt. Doch der Vater nahm am Tag nach der Beerdigung, die Steuerfahndung im Nacken, den Flieger. Er hatte alles minutiös geplant, den Lagerverkauf, den großen Umzug, die gemeinsame Zukunft in Thailand. Nur Kunstfehler waren keine vorgesehen; wenn es überhaupt ein Kunstfehler gewesen war.

Mutter war tot. Der Vater hatte es sich auf Ko Samui eingerichtet. David nahm die Sprühdose zur Hand und bedeckte das Vanille-Eis. Dein Vater ist ein cleverer Hund, das hatte die Mutter noch gesagt, als er sie zur Klinik begleitet hatte. Divertikulitis, Entfernung eines Stück Darms, minimal-invasiver Eingriff, Routine.

David schaute auf die Bambusente, die neben dem Lautsprecher vor sich hin staubte; das letzte Überbleibsel aus Vaters blühendem Handel. Gartenzubehör, Dekorationsware, nicht nur aus Bambus, sondern auch aus Stein, große und kleine Buddhas, damit hatte der Vater ein kleines Vermögen gemacht – und die restliche Ware noch rechtzeitig abgestoßen. Bis auf Daisy, so hatte David den Staubfänger, seine nimmermüde Bambusente, getauft. Nicht zu vergessen die vier Bananenschachteln mit Langspielplatten.

Erst hatte er sich die Freude darüber nicht zugestanden, hätte stattdessen Vater lieber an seiner Seite gewusst, wenngleich er dann mit einem Schlag zwei aussichtslose Fälle am Hals gehabt hätte: Gegen eine Klinik war selten etwas auszurichten, zumal David den Verdacht eines Kunstfehlers durch nichts hätte erhärten können. Und dass der Vater über Jahre hinweg Steuern hinterzogen hatte, daran hegte der Sohn nicht den geringsten Zweifel.

Es sprach für seinen Vater, dass er die Sache nicht auf die leichte Schulter genommen hatte, darin eben kein Kavaliersdelikt sah; Steuerhinterziehung war für Davids Vater eine Sache des Stolzes, um nicht zu sagen eine Frage der Ehre gewesen, auch wenn er damit nicht auf der richtigen Seite des Gesetzes stand. Und Emilie? Was geht in einem Menschen vor, der mit einem andern konfrontiert ist, der nur noch eines will? Was mischte sich der Staat da überhaupt ein?

David verteilte den Rest der Sprühsahne kunstvoll und verhalf dem Berg, unter dem sich das Vanille-Eis verbarg, zu einem veritablen Gipfel, fasste den Teller vorsichtig mit beiden Händen, zwinkerte Daisy zu und marschierte Richtung Sofa.

Als es losging, saßen nur drei Personen um die Moderatorin, die Schweizerin von der Sterbehilfe-Organisation hatte kurzfristig abgesagt, krankheitshalber.

David konnte es recht sein. Was hätte die Frau aus Zürich erzählen können? Sie hätte mit ihrem humanen Gesäusel am Ende nur die Leute provoziert. Die Schweiz war anders. Wo jeder zu Hause die Knarre im Schrank stehen hat, ist es wenig verwunderlich, wenn der eine dem andern auch einen finalen Drink zubereiten darf.

Der Schriftsteller war derselbe, der sich in der Zeitung schon entblößt und unter Emilies Fittiche gewünscht hatte. Das sieht man ihm gar nicht an, dachte David, als er den Literaten betrachtete, ein schmächtiges Männlein, das lässig auf der Couch saß, geübt mit dem Zeigefinger an der Schläfe rieb, dann die Brille mit ebendiesem Finger zurechtrückte, um sich anschließend wieder der Schläfe zu widmen. Der Denker würde weit ausholen, und David überlegte sich, den Nagelknipser zu holen.

Ob der sorgenvolle Blick der Moderatorin dem Schriftsteller galt oder vielmehr die Schwere des Themas zum Ausdruck bringen sollte?

Der Wein entfaltete seine Wirkung, David wurde allmählich träge. Das war gut so, das verlangsamte Denken würde die anstehenden Voten und Volten erträglicher machen. Das Eis schmolz auf der Zunge, die Sahne schmeichelte dem Gaumen, von Phantomschmerzen keine Spur mehr. David befand sich zu Hause, alles war am richtigen Platz.

»Erst Emma, dann Effi und jetzt also Emilie.« – Der Schriftsteller genoß die fragenden Blicke in der Runde, bevor er sich an die Auflösung machte, beginnend bei Flaubert, ausufernd über Fontane parlierend, so dass am Ende allen klar sein musste, der Fund der Briefe entsprach einem klassischen Muster; und was in der Literatur noch als konstruiert kritisiert worden war, habe im vorliegenden Fall nun die Entsprechung in der Realität auf ähnlich verhängnisvolle Weise gefunden. »Zwar handelt es sich in den Romanen um entdeckte Liebesbriefe, wohingegen bei Emilie nur Dankesbriefe gefunden worden sind, am Umstand der Entdeckung ändert dies allerdings nichts und auch nicht an der Tatsache, dass man solche Briefe, sosehr sie einen selber belasten, eben nicht vernichtet, sondern aufbewahrt, wohl nicht zuletzt aus Eitelkeit.«

David erschien das literarische Geflunker wenig ergiebig. Als ließe sich aufgrund solcher Vergleiche auch nur das Geringste beweisen. Er schaute auf seinen Eisberg, sagte: »Du bist ein Eisberg«, hatte es laut gesagt, damit es auf ihn zurückfiel; du bist ein Eisberg, dachte er nun, tauchte den Löffel in die sämige Masse und führte die kühle Ladung behutsam zum Mund.

Der Schriftsteller erinnerte ihn an seinen Deutschlehrer im Gymnasium: »Franz oder Karl, welcher Moor ist Ihnen lieber?« Er bleibe bei David, hatte David damals geantwortet, sehr zum Missfallen des Lehrers. Die Mitschüler aber hatten ihn geschätzt für seine direkte Art, für seine Furchtlosigkeit.

War es Furchtlosigkeit gewesen? Unbekümmert war er gewesen, ein junger Mensch unterwegs, unerschütterlich, unbedacht so manches Mal, unbeholfen zuweilen, unerschrocken? Das war die Gnade der Jugend; dieses nicht zu hinterfragende Gefühl, spontan das Richtige zu tun. Oder zu lassen.

Du bist ein Eisberg, dachte David, löffelte und löffelte und wartete, dass der Rechtsgelehrte zu Wort kam.

Als sich endlich eine Lücke für den Professor bot, verschluckte sich der Mann, musste erst einen Schluck Wasser trinken, und als er erneut ansetzen wollte, hatte er den Faden verloren. Die Moderatorin sprang ein und fragte, wie die Vernehmung des Hauptkommissars einzuschätzen sei. Der Rechtsgelehrte hob die Arme, um mit leeren Händen zwei Waagschalen darzustellen, die sich in einem labilen Gleichgewicht befanden, um so mehrfach darauf hinzuweisen, dass es sich um einen Indizienprozess handle. Aus der Perspektive der Staatsanwaltschaft, referierte der Professor jetzt, seien die Aussagen des Herrn Wenk nicht das gewesen, was man sich erwünscht hätte. Dass es dem jungen Pflichtverteidiger jedoch gelungen sei, den Kommissar zu verunsichern, erstaune ihn noch jetzt. »Oder auch nicht, schließlich hat der Knabe bei mir studiert.«

Der Löffel in der Hand zitterte. Daran konnte sich David nicht erinnern. Womöglich hatte er sich einmal in eine Vorlesung dieses Mannes verirrt, doch wie hätte dieser das wissen wollen?

Irgendwie war es dem Professor dann doch wieder eingefallen, was er auf »des Literaten komparatistisches Scharmützel«, wie er es nun nannte, hatte entgegnen wollen, und er erklärte, die Stirn in tiefe Falten gelegt, auch bei den aufgefundenen Dankesbriefen handle es sich lediglich um Indizien. »Starke Indizien«, fiel ihm die Journalistin ins Wort, mehr kommentierend als fragend, worauf der Professor erneut die Waagschalen bemühte.

Diese Briefe waren nichts, zu diesem Schluss war David schon bei seinen Vorbereitungen zur Verhandlung gelangt. Er würde mit Hilfe der Verkäuferin des Tabakwarenladens die Dinge klären, dafür hatte er sie als Zeugin geladen, nur deswegen, auch wenn er ihr davon nichts erzählt hatte.

David löffelte die Reste Vanillesoße zusammen und wurde der ausgerissenen Zeitungsseiten gewahr, der Sudokus, die seit Margarethes Auszug ungelöst geblieben waren. Er vermisste die Fersehabende, an denen irgendetwas lief, egal ob Krimi, Arztserie, Tierdoku oder Politmagazin, wenn Margarethe über ein Sudoku gebeugt neben ihm saß, er selbst die Sendung nebenbei verfolgte, rechteigentlich aber nur darauf wartete, bis sie seine Hilfe in Anspruch nahm, er seinerseits die Zahlen studierte, ihr einen Hinweis geben konnte, nicht immer, aber oft. – So fügte sich ein Abend. Die Bilder am Fernseher lösten sich von selbst auf, die Zahlen des Sudokus fügten sie gemeinsam in die leeren Felder ein und fanden hernach glücklich ins Bett.

David befiel eine Ahnung: Er legte den Löffel in den Teller, griff nach den losen Seiten, ließ aber gleich wieder davon ab. Er musste nicht nachzählen, es waren 26 ungelöste Rätsel, dazwischen vier Sonntage ohne Zeitung – vor genau einem Monat hatte ihn Margarethe verlassen. Seither waren die Dinge aus den Fugen geraten.

Die Gesprächsteilnehmer hatten sich derweil in die Interpretationen des Schweigens vertieft, versuchten vergeblich, Emilies Verhalten etwas Neues abzugewinnen. Unergiebig das Ganze, das spürte auch die Moderatorin. Sie ging, flüchtig eine Strähne aus dem

Gesicht wischend, zur Schuldfrage über, wollte von der Journalistin wissen, ob man sich denn in der Redaktion einig geworden sei, wie es um die Angeklagte stehe, ob Emilie schuldig sei im Sinne der Anklage oder nicht.

Die Journalistin griff sich ihrerseits kurz ins Haar, immerhin war sie stellvertretende Chefredakteurin, antwortete kühl, dass man von vorgefassten Meinungen nichts halte, stattdessen auf seriöse Recherche setze und nicht wesentlich weiter sei als der Stand des Prozesses. – »Nicht wesentlich weiter?«, hakte die Moderatorin nach, »Sie wissen mehr?« Die Journalistin lächelte, schwieg sich aus und sicherte den Verkauf für den nächsten Tag.

Schöne Zähne, dachte David, schöne Zähne, falsche Wimpern. Währenddessen hatte sich die Moderatorin wieder dem Rechtsgelehrten zugewandt, der sogleich zum Glas griff. David fürchtete ein Malheur. Antwortete der Professor nun auf die Schuldfrage, würde er wieder die Waage symbolisieren wollen und dabei entweder das Glas ausleeren oder es fallen lassen. Die Moderatorin musste dieselbe Befürchtung gehabt haben und fragte schnell, was es denn mit der Unterredung zwischen Verteidiger und Richterin auf sich gehabt haben könnte. Um dem Professor noch etwas

Zeit zu geben – dieser ließ das Glas, einigermaßen irritiert, wie es schien, wieder los –, fügte sie hinzu, das sei doch eigenartig gewesen, auch die Länge des Gesprächs, was er, der Professor für Rechtswissenschaften, davon halte.

Der Mann ließ die Arme in den Schoß sinken, räusperte sich und erklärte: »Aller Wahrscheinlichkeit nach handelte es sich um Formalitäten.« Aufs Stichwort wurde der Schriftsteller wieder rege und meinte seinerseits, das würde ihn schon interessieren, welche Art von Formalitäten hier im Fokus gestanden seien, zumal der Verteidiger danach einen regelrechten Lauf gehabt habe.

David überlegte sich, ob er seinen Teller nun auslecken sollte, Moderatorin und Journalistin blickten erwartungsvoll, sodass der Gelehrte nicht anders konnte, als weiterzureden: »Ich könnte mir durchaus vorstellen, dass der Verteidiger auf demselben Wortgebrauch bestanden hat, wie er auch dem Staatsanwalt tags zuvor zugebilligt worden war, also dem Einspruch kurz zuvor nicht hätte stattgegeben werden dürfen.« – »Verdammt gut versteckt«, ergänzte die Moderatorin pflichtbewusst.

Die Länge der Unterredung war damit freilich noch nicht erklärt, doch die Gründe dafür würde David bis auf weiteres für sich behalten.

Der Fernseher war aus, die Flasche leer, da merkte David, dass er eine SMS erhalten hatte. »Wacker, wacker, der Herr Verteidiger. Rita scheint dich ja gut im Griff zu haben!«

Irgendwie hatte er gehofft, Margarethe würde sich melden. Doch jetzt, als er die Nachricht las, hätte er gut darauf verzichten können. Ihr Groll war nicht verflogen. Und Margarethes Botschaft klang nicht so, als ob sie eine Antwort erwartete. Was hätte er ihr auch zurückschreiben sollen. Du fehlst mir? Das wäre die Wahrheit gewesen. Lass mich in Frieden! Das wäre auch die Wahrheit gewesen, wenigstens im Moment.

Sich konzentrieren bedeutete, gewisse Dinge auszublenden. Außerdem war er müde, was David benötigte, war Schlaf, Verlobungsringe hin, Nagelknipser her. Er nickte Daisy zu und schlich ins Bad.

IV

»Der Mann ohne Schatten« lautete die Überschrift. Ein Journalist hatte David die letzten beiden Tage auf Schritt und Tritt verfolgt, hatte sogar registriert, dass er einen Abdeckstift gegen Augenringe gekauft hatte – und daraus eine Geschichte gemacht.

Davids Vergangenheit war unspektakulär, in der Öffentlichkeit hatte er sich bislang nichts zu Schulden kommen lassen, sein Lebenslauf war unauffällig, beinahe so glatt wie die erfundene Biografie eines infiltrierten Agenten. Er hatte kaum Freunde, seinen Schwachpunkt kannte außer Margarethe, Bernhard und seinem Vater niemand. War David nicht bei Gericht, redete er kaum, lieber beobachtete er. Das war während seiner ersten Schuljahre noch anders gewesen, er hatte als Chaot gegolten, *verhaltensauffällig*, wie es der Rektor einst gegenüber seinen Eltern zum Ausdruck gebracht hatte. Damals fehlte wenig und man hätte ihn von der Schule gewiesen, stattdessen schickte man den Jungen zum Psychologen, der ihn sogleich an eine Psychiaterin weiterreichte. Frau Doktor Winterwald schuf Abhilfe, mit der Medikation wurde das Zappeln weniger, David war mit einem Schlag in der Lage, seine Gedanken zu bündeln – ein zweites Leben begann.

Davon wusste der Journalist nichts, so tief hatte er nicht gegraben. Man hatte sich im Vorfeld des Prozesses vornehmlich um Emilie bemüht, Davids Person war erst seit wenigen Tagen interessant. Zwar hatte er sein Studium nicht mit *summa cum laude* abgeschlossen, wie es ihm neuerdings angedichtet wurde, aber doch ganz ordentlich. Erwähnung fand auch seine Elo-Zahl, die mit knapp 2 200 für einen nicht professionellen Schachspieler respektabel war, wenngleich David manchmal mit sich haderte, weil er trotz vieler Anstrengungen über diesen Wert nicht hinausgelangte. Er verlor kaum eine Partie, doch gewann er gegen starke Gegner zu selten.

Der Journalist ging mit den wenigen Informationen, die er hatte, geschickt um, stellte David als unbeschriebenes Blatt dar, zugleich als gewissenhaften Juristen, der morgens in der Tram die Zeitung las. Ein Mann, der sich weder vor dem Hauptkommissar noch der Richterin fürchtete, vielmehr stets auf der Höhe der Ereignisse war oder diesen voraus, wohl deswegen abends ohne Umwege nach Hause fuhr, um das Kommende vorzubereiten.

Zum unbeschriebenen Blatt passten auch die zwölf gewaschenen und gebügelten Hemden, die David vorgestern – auch das unter Beobachtung – abgeholt hatte. Allesamt weiße Hemden.

Von den immergleichen schwarzen Socken, die David aus Gründen der Effizienz jeweils im Internet orderte, konnte der Journalist nichts wissen. Irgendwann hatte er sich zu uniformieren begonnen. David verfügte über fünf identische dunkle Anzüge, zwei davon noch ungebraucht. Kaufte er sich ein Paar neue Schuhe, kaufte er nur, wenn er vom selben Paar gleich ein zweites dazukaufen konnte. Das entlastete, morgendliche Entscheidungen galt es kaum noch zu fällen.

Die wenigen bunten Sachen, die ihm Margarethe geschenkt hatte, würde er nach dem Prozess in die Altkleidersammlung geben. »Ich bin doch kein Papagei«, hatte er gesagt, als Margarethe wieder mit einem Hemd anmarschiert war, das mehrere Farbkleckse aufwies. Worauf sie entgegnet hatte: »Aber du lebst!«, ihn zur Anprobe nötigte, mehr noch, mit ihm in diesem Aufzug in die Stadt gehen wollte – flanieren, den Tag genießen. Und obwohl David nur widerwillig zugestimmt hatte, war es ein gelungener Tag geworden, von einer Leichtigkeit, wie sie ihm für gewöhnlich abging, wie er sie jetzt gerade wieder vermisste.

David schaute auf und überlegte, ob der Mann, der ihm in der Tram gegenübersaß, nicht jener Journalist sein konnte, dem er diesen Artikel verdankte. Sein Gegenüber nickte freundlich, wie einer, der ihn erkannt hatte. Erkannt als jenen Pflichtverteidiger, der dieser Tage für Furore sorgte, jedoch nicht wie einer, der auf der Lauer lag. Oder aber es handelte sich schlicht um einen höflichen, wenn auch unrasierten Menschen. Einer, der zur Arbeit fuhr wie jeden Morgen.

David nickte zurück, blätterte um. Heute gab es kein Schach, dafür Regionalsport mit einem Bild, das zwei Volleyballerinnen zeigte, die exakt im selbem Moment über dem Netz auf den Ball schlugen. Das Bild mahnte ihn an seine Strategie. Auch Emilie war eingeklemmt und hing zugleich in der Luft, zu keiner Bewegung in der Lage.

Geschlagen allerdings war sie noch lange nicht. Was es im Volleyball nicht gab, war ein Unentschieden. Jenes Unentschieden, das David im Blick hatte, gab es auch sonst in keiner Sportart, außer im Schach: das Patt.

Es galt darzulegen, so unwiderlegbar wie irgend möglich, dass sich Emilie in einer Pattsituation befand. Es gab für sie kein freies Feld mit Ausnahme von jenem, das sie besetzte. Schwiege sie weiter, würde auch keines frei werden, sie hatte sich selbst zugestellt, war zugestellt worden, einerlei – nur er, als ihr Springer, hatte noch Freiraum, hielt die Zügel in der Hand, musste sich nur im entscheidenden Moment selbst aus dem Spiel nehmen.

Würde er kühlen Kopf bewahren, sich nicht allzu ungeschickt anstellen, könnte keiner Emilie schlagen. Würde hingegen seine Mandantin den Mund doch noch aufmachen, das Kartenhaus seiner Verteidigung fiele im selben Moment zusammen.

Die folgenden Prozesstage liefen alle nach demselben Muster ab: Die Staatsanwaltschaft ordnete Indizien zu Aussagen, Aussagen zu Indizien, setzte Puzzleteil an Puzzleteil, um jenes Bild von Emilie zu festigen, das von vornherein für eine Serienmörderin geschaffen worden war. David spielte mit, auch seine drei Zeugen machten Aussagen. Deren Aussagewert jedoch war gering oder nichtig, entsprach weißen, leeren Puzzleteilen, die der Pflichtverteidiger ins zu erstellende Bild einfügte, stets danach bestrebt, die Puzzleteile der Gegenseite zum Verblassen zu bringen.

Eine Zeugin der Staatsanwaltschaft diente dazu, bei Emilie gestaute Aggressionen zu konstatieren, eine andere Aussage sollte auf den Vaterkomplex der Angeklagten fokussieren, eine weitere legte Menschenverachtung nahe. Ein ehemaliger Teilnehmer jener Bibelgruppe, die Emilie während des Gymnasiums ebenfalls für ein Halbjahr besucht hatte, hätte wohl übersteigerte religiöse Tendenzen bestätigen sollen, doch war der Befragte am Ende unsicher, ob Emilie tatsächlich einen Hang zum Märtyrertum gehabt oder gar Erlösungsfantasien geäußert habe. Pichlers Suggestionen hatten den Sozialarbeiter mehr verwirrt, als in einer Meinung bestärkt, sodass er zu Protokoll gab, die Diskussionen in der Bibelgruppe lägen nun bald zwanzig Jahre zurück, da lasse sich aus der Erinnerungen nichts mehr mit Bestimmtheit sagen.

Da war Davids Frau aus dem Tabakladen ergiebiger. Frau Halbhuber hatte sich hergerichtet, als wäre sie zum Opernball geladen worden: Die Haare violettschwarz gefärbt, gewellt und geföhnt, die Fingernägel lila lackiert und um die Augen den Kajal aufgebraucht. Schmuckbehangen war sie überdies. Das Parfum, das Frau Halbhuber in ihrer zu engen Abendrobe umgab, schloss alsbald die Richterin, den Staatsanwalt und auch den Pflichtverteidiger mit ein. Die Frau war ein Ereignis. Und David versuchte seine Freude darob so gut wie möglich zu verbergen.

Zwar konnte sich Frau Halbhuber nicht an Emilie erinnern, obwohl die Angeklagte jede Woche bei ihr

Kaugummi kaufte, doch sie erzählte gern von den Blumensträußen, die sie für ihre Arbeit bekommen hatte, einmal habe es dazu noch eine Schachtel Pralinen gegeben. Als David nach dem Grund dieser Sympathiebezeugungen fragte, sagte die Halbhuber heiter, es habe sich in allen drei Fällen um Gewinner im Lotto gehandelt, um solche, die ihre Zettel zuvor bei ihr abgegeben hätten. Und das Wangenrouge der Frau begann zu leuchten.

David blieb sachlich und fragte nach den Kärtchen, die Frau Halbhuber zu den Blumen und Pralinen bekommen hatte: »Darf ich Sie bitten, uns zwei Beispiele vorzulesen?«

Pichlers Einspruch blieb aus, wie er schon zuvor einige Male ausgeblieben war; David hielt seine Irritation darüber im Zaum und nickte Frau Halbhuber, die inzwischen ihre Lesebrille aufgesetzt hatte, freundlich zu. »Ich und meine Familie sind Ihnen zu allergrößtem Dank verpflichtet!« Ein anderer Satz lautete: »In Ihrer Hand, beste Frau Halbhuber, lag unser Schicksal. Sie haben uns eine neue Zukunft gegeben. Tausend Dank!«

Pichler hatte sich wieder in das Spiel mit dem Kettchen seiner goldenen Uhr vertieft, David suchte Emilies Blick, vergebens. Die Stille machte ihm zu schaffen, sprach sie für ihn und Emilie oder gegen sie?

Es war David gelungen zu zeigen, dass Dankbarkeit auch immer wieder Menschen treffen kann, die für das Glück anderer nichts können. Die Anspielung auf die Dankesbriefe, die bei Emilie zu Hause gefunden worden waren, hatte er sich gespart. Den Anwesenden war auch so klar geworden, wie sie die Blumen einzuordnen hatten. Gleichwohl hätte er sich wenigstens einen Einspruch Pichlers oder eine Regung von seiner Mandantin gewünscht.

David rückte die Krawatte zurecht, erklärte die Befragung für beendet und setzte sich. Er schloss die Augen, mahnte sich zur Konzentration und spürte die Blicke der andern.

Die jüngsten Ereignisse, und dazu gehörte auch die Diskussionsrunde im Fernsehen neulich, hatten die Aufmerksamkeit neu geschärft, und zwar auf ihn. Er, David, Pflichtverteidiger von Emilie T., stand jetzt im Fokus, alle Scheinwerfer waren auf ihn gerichtet.

Das hätte er voraussehen müssen. Im Gegensatz zu ihm hatte Staatsanwalt Pichler diese Entwicklung antizipiert, seine Strategie geändert und lag nun auf der Lauer, versuchte sein Opfer, also ihn, in Sicherheit zu wiegen oder dann mit seiner defensiven Haltung aus dem Konzept zu bringen.

Emilie tat recht, indem sie nichts tat. Sie blieb sich treu – und also auch ihm. Den Staatsanwalt hatte er durchschaut, er, der Pflichtverteidiger, würde dem Kontrahenten den Meister zeigen. Sein Verstand funktionierte, er, David, hatte die Zügel in der Hand, saß fest im Sattel, das spürte er, zumindest glaubte er es. Was denkt der Denker, wenn er denkt, dass er denkt, und David öffnete die Augen.

Die andern beiden Zeugen, die von David zur Unterstützung von Emilies Verteidigung geladen worden waren, hatten weit weniger zu bieten. Zum einen jene ältere Nachbarin von Emilie, die direkt unter seiner Mandantin wohnte; zum andern der vor drei Wochen in Pension gegangene Wachtmeister, welcher für den Bezirk, in dem Emilie lebte, zuständig gewesen war, der sich ehrlich darüber freute, der Gerechtigkeit auch im Ruhestand noch einen Dienst zu erweisen.

Die alte Dame diente David lediglich dazu, dieselbe Aussage wie von Frau Halbhuber ein weiteres Mal zu bekommen, nämlich: keinerlei Auffälligkeiten, keine Erinnerung. Die größte Sorge von Emilies Nachbarin galt Schröder, ihrem Zwergschnauzer, den sie nicht hatte mit in den Gerichtssaal nehmen dürfen, weswegen sie um rasche Erledigung der Angelegenheit bat.

Der Wachtmeister hingegen sollte bestätigen, dass im Gegensatz zu Emilie jene ältere Dame, die vor ihm ausgesagt hatte, auf seinem Revier wohlbekannt war; eine Person nämlich, die jede Woche mindestens einmal auf dem Posten anrief, um sich wegen Ruhestörung zu beklagen, oder um – ihrer Ansicht nach – dubiose Vorkommnisse auf der Straße oder sonstwo zu melden.

In der Kombination der beiden Aussagen ergab sich der einfache Schluss: Gegen Emilie lag nichts vor. Es gab nichts zu sagen. Und noch immer galt, was zu Beginn des Prozesses schon festgestanden war: Man sah Emilie nichts an – Drehbuch, Dramaturgie und Plot in einem. Schnitt.

Für Pichler waren diese drei Zeugen unbrauchbar gewesen. Wer nichts weiß, bei dem ist nichts zu holen. Und jene Hinterbliebenen, die die Dankesbriefe geschrieben hatten, die womöglich etwas gewusst hätten, blieben den Anhörungen fern. Sie hatten, ohne dass David dafür etwas hätte tun müssen, auf ihr Recht der Aussageverweigerung gepocht. Auch die Richterin hatte sich nach den ersten beiden Verhandlungstagen zurückgehalten, sich auf die nötigsten Formalitäten beschränkt.

Emilie war die Täterin. Diese Überzeugung war in David während der letzten Abende gereift. Vielleicht keine Mörderin, aber gewiss die Täterin. Zurechnungsfähig, nicht unschuldig, aber nicht schuldig. Er redete sich ein, dass es nur eine entscheidende Frage gäbe: ob seine Mandantin *de jure* schuldig sei oder nicht. Durfte er, musste er moralische Bedenken haben, oder hatte er diese von vornherein auszublenden? Seine Bibel war nicht die Bibel, auch keine Philosophie, seine Bibel war das Gesetz.

Die Vorstellung, und David hielt diese inzwischen für sehr realistisch, dass am Ende alle, also alle plus er, von der Schuld seiner Mandantin überzeugt wären, Emilie aber mangels Beweisen freigesprochen würde, bedrückte ihn. Noch mehr bedrückte ihn, dass er im Umgang mit unguten Gefühlen so hilflos war wie eh und je.

Wieder nahm David den Umschlag zur Hand, den er nach dem letzten Kreuzverhör an seinem Platz gefunden hatte, zog ein weiteres Mal das Blatt Papier heraus und betrachtete die Unterschrift, Emilies Unterschrift.

Wozu hatte ihm seine Mandantin dieses Papier zugeschoben? Eine Einverständniserklärung? Wofür?

Auf dem Blatt war außer der Unterschrift im unteren Viertel der Seite nichts. Er konnte irgendetwas draufschreiben, eine Kündigung oder ein Geständnis. Doch er brauchte keine Unterschrift von Emilie. Was den Prozess anlangte, war die Sache entschieden: Emilie hatte nichts zu sagen, durfte nichts sagen. War es Emilies Art, Vertrauen zu zeigen? Unterzog sie ihn einer Gewissensprüfung?

David schaute zu Daisy, die stoisch in den Lautsprecher starrte. Keine Musik. Es gab keine neuen Erkenntnisse bis auf die Tatsache, dass der *Humagne rouge* ausgegangen war, er nicht rechtzeitig nachbestellt hatte.

Bezeugte die Unterschrift lediglich Emilies Existenz? Vielleicht war das für seine Mandantin wichtig. War das wichtig für ihn?

David könnte dereinst seinen Enkeln vom Fall Emilie T. erzählen und zum Beweis dafür, nichts erfunden zu haben, den Kleinen das Papier zeigen. Auch das war kein Beweis, er hielt ein Blatt mit einer Unterschrift in Händen, dabei hielt er weder einen Menschen noch eine Geschichte bei sich, lediglich ein Papier, das größtenteils unbenutzt war. Wegschmeißen?

David gingen die Ausführungen des Schriftstellers wieder durch den Kopf. Eines Tages würden Kriminaltechniker Daisy mitnehmen und Wenk höchstpersönlich fände dieses Papier bei ihm, das letzte Puzzleteil, das David überführt, welcher Tat auch immer, aber endgültig.

Er würde mit Bernhard darüber sprechen. Deswegen hatte er den Freund angerufen, sich mit ihm verabredet. Deswegen und wegen Margarethe. Für einmal würden sie sich nicht in ihrer Stammkneipe treffen, sondern bei Bernhard zu Hause.

Die Mütze tief ins Gesicht gezogen, den Schal um den Hals gewickelt, obwohl die Abendtemperaturen dies nicht mehr erforderten, hatte David darauf geachtet, dass ihm niemand folgte, war eine Tramstation früher ausgestiegen und hatte sich auf dem letzten Wegstück so angestrengt unauffällig verhalten, dass er sich wunderte, nicht von Zivilfahndern aufgegriffen worden zu sein.

Fat Time. Bernhard wusste, wie er seinen Freund zu empfangen hatte. Schon im Treppenhaus hörte David die Trompete, Miles Davis – *The Man with the Horn*. Die nächtlichen Sessions waren unvergessen, wenn sie zuvor den Mond geschluckt und dann durchgearbeitet hatten, bis sich morgens um drei oder vier der Hunger meldete, Pause und Pasta einforderte – *Fat Time*.

Bernhard bewohnte noch die alte WG, hatte jedoch die Räume mittlerweile für sich, und nicht nur das, er hatte das Haus mit den drei Wohnungen gekauft.

Woher er das Geld dafür genommen hatte, wusste keiner. Die Geschichte mit der Erbschaft wollte ihm niemand abnehmen. David war der Letzte gewesen, der sein Zimmer geräumt hatte, um sich nach Studium und Auslandreise etwas Eigenes zu suchen.

Als er die Wohnung im oberen Stockwerk betrat, kurz geklopft und gleich die Tür aufgestoßen, stand Bernhard in der Küche, hantierte mit Töpfen, schien ganz eins zu sein mit dem Jazz, den er so liebte. Bernhard gehörte zu jenen, die Miles Davis nicht so sehr wegen der Trompete schätzten, vielmehr hielt er die Aufnahmen hoch, bei denen Marcus Miller seine Finger im Spiel hatte; seine Basslinien definierten den Raum, in Bernhards Worten: kein Miles ohne Marcus.

David war, die Mütze in der Hand, im Türrahmen zur Küche stehengeblieben, wollte den Freund nicht erschrecken, abwarten, bis dieser sich umwandte. Bernhard jedoch hatte David längst bemerkt, öffnete, ohne sich aus dem Takt bringen zu lassen, den Kühlschrank und wies auf die Bierflaschen. »Tu nicht so schüchtern«, sprach er in einen der Töpfe, »bedien dich!«

Dann wandte er sich doch um, lachte, strahlte – und die beiden Freunde schlossen sich in die Arme.

Bernhard war ein meisterlicher Koch, seine *Bernhardinners* waren legendär. Und das war nur einer der vielen Vorzüge dieser WG gewesen. Dank Bernhard wussten alle Mitbewohner, was sich hinter der Abkürzung Hi-Fi verbarg, *High Fidelity*, und das galt nur einerseits für die Stereoanlage, die er noch immer besaß und deren hohe Klangtreue mehrfach erprobt worden war, wenngleich David den Eindruck hatte, die Lautsprechertürme seien nochmals gewachsen; andererseits stand *High Fidelity* damals auch für das allgemeine Wohlbefinden der WG.

Er habe Jartsa Gunbu besorgt, Sommergras-Winterwürmer aus Tibet, ließ Bernhard den Gast wissen, und nein, er würde sie nicht vergiften, jedenfalls nicht mehr als üblich. David lächelte, hier fühlte er sich zu Hause, er hätte jederzeit bei Bernhard wieder einziehen können. Dem Hausherrn lag sowohl das leibliche wie auch das seelische Wohl Davids am Herzen, er redete, als sie sich zu Tisch gesetzt hatten, auch nicht um den heißen Brei herum, klärte den Freund darüber auf, dass es sich nicht um Würmer im eigentlichen Sinn, sondern lediglich um Raupenpilze aus Tibet handle, die er der Currysoße beigemischt habe. Gleich nach dem ersten Bissen kam er auf Margarethe zu sprechen, wollte wissen, ob sie sich denn noch immer nicht gemeldet habe.

David zitierte die SMS, und Bernhard kommentierte: »Gutes Weib, stures Weib.«

Bernhard kannte Margarethe, mochte sie, schätzte sie, er war noch vor David zum Schluss gekommen, dass die beiden zueinander passten. David war auch nicht an der Gretchenfrage gescheitert, sondern an einer andern, und so stellte er Bernhard jetzt die Frage, die ihn seit Margarethes Weggang beschäftigte, ihn immer dann einholte, wenn er vom Prozess für einen Moment losließ: »Wer bin ich?«

Tatsächlich hatte ihm Margarethe vorgeworfen, dass er das nicht wisse, nicht wissen könne, da seine Persönlichkeit bei all den Pillen und Tabletten, die er sich täglich und seit Jahren zuführe, gar nie zum Vorschein komme. »Du bist eine Maske, nur eine leblose Maske! Hast dich selbst längst vergessen oder nie gekannt.«

Zunächst war seine Hausapotheke für Margarethe nur eine Irritation gewesen, kein Schock. Der stellte sich erst verzögert ein, als sie im Netz zu recherchieren begann und erfuhr, was es mit Anafranil, Ritalin und Vigil auf sich hatte. Was er als Hausmittelchen von heute anschaute, waren für Margarethe schlechterdings

Drogen. Dabei hatte er für alles – oder fast alles – ein Rezept, zumindest einmal eins gehabt. Für Margarethe allerdings, die selbst bei starken Kopfschmerzen auf Tabletten verzichtete, wirkten seine Ausführungen und Erklärungen zynisch. Er sei süchtig, nur ein Süchtiger könne den Suchtstoff auf solch naive Weise verharmlosen, sich wider alle Vernunft in Sicherheit wiegen, gar so tun, wie wenn alles passte, wie wenn nichts wäre.

Zwar war es David an jenem Abend noch geglückt, einen Aufschub zu erwirken, und er hatte ihr am Tag danach noch einige Artikel auf den Tisch gelegt, die insbesondere darauf hinwiesen, dass seine Mittel keine Abhängigkeit nach sich zögen, was allerdings, und das wusste David nur zu gut, sich lediglich auf die körperliche Abhängigkeit bezog.

Margarethe beruhigte sich nicht. Sie las und sie war in echter Sorge um ihn. Ihr Glaube, dass er sich seit Jahren mutwillig Schaden zufügte, war durch nichts zu erschüttern. David erkannte, wie nahe Sorge und Liebe einander waren, und seither ist er diesen Gedanken nicht mehr losgeworden. Für Margarethe war klar, er spielte mit dem Feuer, verspielte sein Leben. Er war nicht Herr in seinem eigenen Kopf. Und die Auswirkungen, die guten wie die schlechten, betrafen auch sie. Margarethe fürchtete, den wahren David noch nie gespürt zu haben. Jede Umarmung war vielleicht nur eine Umarmung gewesen. Hatte sie es mit einer Überblendung, einem verzerrten Menschen zu tun? – Ihr Fazit: Er müsse damit aufhören, sofort. Davids Beschwichtigungen verpufften, obschon die Argumente – davon war er noch immer überzeugt – für ihn sprachen. Er hätte sich gesundheitlich mehr geschadet, wäre er Raucher oder Spitzensportler. Und Herr im eigenen Gedankengebäude war genau genommen niemand. So viel Freud würde selbst Margarethe akzeptieren. Doch Margarethe ließ nicht mit sich reden, auch seine Konzentrationsschwächen damals in der Schule beeindruckten sie wenig. Sie könne sich nun seine Euphorieschübe erklären und auch die zeitweilige Lustlosigkeit, die Unzugänglichkeiten und Unzulänglichkeiten.

»Ich oder Rita.« Das waren ihre letzten Worte. Zwei Stunden später hatte sie die gemeinsame Wohnung verlassen. Von da an begannen die Dinge auseinanderzufallen.

Bernhard führte das Weinglas zum Mund, setzte es aber gleich wieder ab, er wollte den Freund nicht warten lassen; er wusste um die scheinbare Selbstsicherheit Davids. »Ich kann dir ganz genau sagen, wer du bist. Du bist

David Moor, bist zweiunddreißig Jahre alt und im Begriff, Karriere zu machen. Ein junger, erfolgreicher Jurist auf der Höhe der Zeit.« Bernhard hielt dem fragenden Blick Davids nicht länger stand, wischte sich mit der Serviette den Mund ab und erhob sich. »Selbstverständlich benutzt du Gemütsaufheller, wenn die Angst sich Bahn bricht; du weißt, wann du dich zu konzentrieren hast, und wenn es einmal hart auf hart geht, lässt du keine Müdigkeit aufkommen und verschaffst dir einen Aufschub. Daran gibt es nichts zu kritisieren, im Gegenteil. Bis in zehn Jahren wird dein Verhalten das Verhalten jedes intellektuell arbeitenden Menschen sein.«

Bernhard hatte wie so oft im Gehen gesprochen. Auch er hegte keine Zweifel, dass man die Pharmaindustrie nicht auf den Plan gerufen hatte, um sich weiterhin an Baldriantropfen, Heublumenwickel und Kamillentee zu halten. Bernhard hatte sich schon im 21. Jahrhundert eingerichtet, als andere ihr erstes Handy noch mit Ehrfurcht, einem Fetisch gleich, behandelten.

Bernhard begab sich in die Küche. Im Ofen wartete das Soufflé. Seine Worte waren das gewesen, was David gebraucht hatte. Deswegen saß er hier.

»Du magst es vielleicht nicht hören«, begann Bernhard von neuem, das Soufflé auf dem Tisch präsentierend, »ich sag's dir aber trotzdem, für alle Fälle:

Margarethe ist nicht die einzige attraktive Frau auf diesem Planeten.« David nahm den Geruch von Vanille wahr und die Verlobungsringe kamen ihm wieder in den Sinn. »Apropos Fälle und Frau«, setzte Bernhard nach, »wie steht es?«

Der Themenwechsel legte in David einen Schalter um, er war wieder bei der Sache. »Ich glaube, sie ist schuldig. Und ich glaube, am Freispruch gibt es nichts mehr zu rütteln.« Bernhard nickte, sagte, er habe sich das schon gedacht, und er machte David Komplimente. Selbstverständlich hatte er den Prozess verfolgt, nicht im Gerichtsaal, aber in den Medien. »Du schlägst dich gut!« David nickte seinerseits. Das Soufflé schmeckte hervorragend. »Du dich auch«, gab er mit vollem Mund das Kompliment zurück: »in Teilen und auch im Ganzen.«

Bernhard hatte sich lange mit dem hermeneutischen Zirkel, der schwierigen Beziehung von Teilen zum Ganzen befasst und bald alle WG-Bewohner in seine Überlegungen einbezogen. Bei der Beziehung von Buchstaben zu einem Wort hatte Bernhard angesetzt, vom Wort zu den Buchstaben, und sich dabei verheddert und verloren. Über ein Jahr später präsentierte er seine Arbeit, sie bestand aus drei Sätzen:

Die menschliche Sprache ist eine Emergenzleistung des Geistes, ein nicht nachvollziehbares Abstraktionsvermögen, dessen Ursprünge im Dunkeln liegen. Kommunikation beruht auf Konvention, ihr Erfolg basiert auf einer nicht näher zu bestimmenden Unschärferelation zur kulturellen Wirkungsgeschichte. Sprache an sich ist nicht zu verstehen.

Alle WG-Bewohner hatten eine Kopie bekommen. Es war die einzige Arbeit, die Bernhard jemals abgegeben hatte. Der Professor hatte sie zurückgewiesen oder genauer, er hatte das Papier als Exposé verstanden und ließ Bernhard wissen, er freue sich auf die Arbeit. Das Missverständnis war zugleich Bernhards neue Spur gewesen: Wie auch das Böse nicht eine Trübung des Guten war, sondern kategorial auf derselben Stufe, erkannte er das Missverstehen als ebenso elementar wie das Verstehen. Die Bezeichnung Missverständnis war ein Missverständnis, dahinter verbarg sich lediglich ein anderes Verstehen. Vielleicht deswegen fiel Bernhard in dieser Zeit einem Verleser zum Opfer. Als er die Packungsbeilage von Vigil studierte, fand er als Wirkstoff statt Modafinil *Mond*afinil. Daraus ergab sich das geflügelte Wort *Den Mond schlucken*. Den Mond schlucken, und die Nacht wurde zum Tag.

Als das Versehen herauskam, war es zu spät, um von dieser Wortwahl wieder abzukommen.

»Vergiss es«, sagte Bernhard, »ich werde auch heute kein Schach mit dir spielen.« David winkte ab, erhob sich seinerseits und ging zu seiner Tasche, die er im Flur deponiert hatte. Als er zurückkam, hielt er einen Single Malt in der Hand: »Wir haben etwas zu feiern.«

Bernhard zog die Augenbrauen hoch, er wusste, David würde den Tag nicht vor dem Abend loben, obwohl es inzwischen später Abend geworden war. Dass David den Prozess gewinnen würde, hielt er durchaus für ausgemacht, doch der Anlass zur Feier musste ein anderer sein. »Spann mich nicht auf die Folter!«

David hatte zwei Gläser gefüllt, sich wieder hingesetzt und sagte, er habe unterschrieben, gestern, bei Meyer & Müller. Beide griffen nach dem Glas. Meyer & Müller war eine der renommiertesten Anwaltskanzleien in der Stadt, das wusste auch Bernhard. Er gratulierte und meinte: »Meyer, Müller, Moor – das nenne ich hohe Klangtreue!«

Nachdem das erste Glas in stiller Übereinkunft geleert war, griff David erneut zur Flasche und Bernhard machte sich an der Stereoanlage zu schaffen. Er habe da noch was für ihn, was Neueres: »Rihanna for change«.

David wusste nicht, ob das nun eine Anspielung auf Margarethe war, erstaunt war er indes, dass Bernhard Musik hörte, die für die Charts gemacht war, denn eigentlich ging er dem Mainstream aus dem Weg.

»Nana, com'on! Nana, com'on!«

Bernhard hatte die Lautstärke aufgedreht, stimmte in den Gesang ein und forderte David zum Tanz. Was da aus den beiden Lautsprechertürmen schallte, ging durch Mark und Bein. Zwei erwachsene Männer stapften durch die Wohnung wie Teenager, wie damals – »Some may be bad, but I'm perfectly good!«

David füllte die Gläser, Bernhard gab den DJ. Sie stießen erneut an, und Rihanna begann mit der ersten Seite einer Geschichte, dem letzten Stück der CD, und dann sang Bernhard wieder mit: »Love the way you lie«, und er zeigte in einstudierter Rapper-Pose auf seinen Freund.

David war, als sähe er den Teufel in Bernhards Augen, und er grinste, denn er befand sich mitten in der Geschichte, er hatte unterschrieben. Es gab kein Zurück.

Erst viel später, der neue Tag brach an, die beiden Freunde saßen erschöpft und glücklich am Küchentisch für einen letzten, für einen ersten Kaffee, erzählte David von der anderen Unterschrift, die ihn beschäftigte. Er zeigte Bernhard das Papier, ließ ihn das wissen, was er sich dazu gedacht hatte, wenn auch nur in Fragmenten, und schaute gebannt auf seinen Freund.

Bernhard hob lange nicht den Kopf, schien seinerseits ins Grübeln geraten zu sein, denn sein Oberkörper begann, langsam vor und zurück zu pendeln. Dann schaute er David kurz in die Augen, erhob sich, machte einige ungezielte Schritte und sagte: Sprache ist ihr Gebrauch. Das stammt nicht von mir, doch davon versuche ich seit Jahren immer wieder auszugehen. Ich zweifle aber, ob das, was du hier vorlegst, schon Sprache ist. Ein in Sprache gehülltes Potenzial … bitte verzeih, ich langweile dich. Ich bin ein wenig irritiert, muss erst darüber nachdenken.«

V

David saß über seinem Schlussplädoyer. Er hatte einige Zeitungsartikel auf dem Tisch und ließ die letzten Prozesstage Revue passieren. Die Zwillinge, zwei adrette Frauen Mitte vierzig, hatten Eindruck gemacht. Dass ihr Vater hätte Sterbehilfe beanspruchen können, hielten sie für ausgeschlossen. Sein Lebenswille sei ungebrochen gewesen, das hatten beide übereinstimmend zu Protokoll gegeben. Sie hielten Emilie für eine Mörderin, sannen, wenn nicht auf Rache, so doch auf Vergeltung, auf Genugtuung. Selbst David anerkannte das Recht der Zwillinge, fühlte deren Schmerz, hatte aber im Gerichtssaal auf Fragen an die beiden verzichtet.

So echt das Leid der beiden Frauen war, ihr Auftritt hatte am Ende Emilie in die Hände gespielt. David musste gar nicht auf die große Mehrheit Hinterbliebener hinweisen, die sich zu keiner Aussage hatten bewegen lassen. – Diesen Gedanken entwickelten die Medien auch so und interpretierten die Aussageverweigerung als stilles Zugeständnis. Mit Ausnahme der

Zwillinge schienen die Angehörigen der Opfer der Ansicht, seine Mandantin habe Recht getan.

Die Dankesbriefe, die an Emilie gerichtet worden waren, die zu Beginn des Prozesses noch als Beleg für ihre Schuld gehalten wurden, standen mittlerweile in einem anderen Licht. Der Prozess hatte eine große Debatte über Sterbehilfe ausgelöst, eine Artikelflut und eine Reihe von Diskussionen, die sich nur noch am Rand um den Fall Emilie T. drehten.

Emilies Taten waren nach wie vor nicht einzuschätzen, da niemand genau wusste, worin diese überhaupt bestanden. Nachgerade diese Unsicherheit hatte dazu geführt, dass man alle möglichen Szenarien wieder und wieder durchspielte, neu zu bestimmen versuchte, was zum Beispiel unter *indirekter aktiver Sterbehilfe* zu verstehen sei und ob man die Gesetzesgrundlagen nicht dringlich zu überarbeiten hätte.

David entkorkte den Wein und wünschte sich Bernhard in die Küche, auch wenn er lange nicht mehr einen solchen Kater gehabt hatte wie nach dem Besuch in der alten WG. Das lag gute zwei Wochen zurück. Die letzten Prozesstage waren so turbulent verlaufen, dass an einen weiteren Abstecher in die Studentenzeit nicht zu denken gewesen war.

Immerhin hatte ihm Bernhard noch einige Bücher nachgeschickt, sprachphilosophische Werke, mit deren Hilfe David tatsächlich zu neuen Erkenntnissen gelangt war, wenngleich er gescheit genug war zu ahnen, dass er sich lediglich zum jüngsten Stand seiner Irrtümer vorgelesen hatte. Einige Gewissheit hatte er immerhin erlangt, was die Pilze aus Tibet betraf. Noch Ende des vergangenen Jahrhunderts hatten chinesische Leichtathleten ebendiese Würmer als leistungssteigernde Substanzen eingenommen. In Kombination mit dem Whiskey hatte das mehr als einen hinreichenden Grund für Kopfschmerzen ergeben.

Rihanna dagegen, David hatte sich die CD gleich anderntags besorgt, zeitigte nur gute Nebenwirkungen, veranlasste ihn das eine oder andere Mal zu einem Solotänzchen, und seit sie bei ihm war, fühlte er sich nicht mehr so verlassen in der Wohnung. In der Euphorie hatte er sich schon Daisys Eifersucht eingebildet.

David blickte kurz auf, der Mond hatte sich eben hinter eine Wolke verzogen.

Damit hatte niemand gerechnet: Emilie hatte zwar nicht gesprochen, doch sie hatte einen Vertrag bei einem großen Publikumsverlag unterschrieben und für ihre Autobiografie einen erklecklichen Vorschuss kassiert. Nicht dass seine Mandantin etwas zu den jüngsten Entdeckungen Pichlers gesagt hätte, doch das graphologische Gutachten, das eilends eingeholt worden war, ließ keinen Zweifel an der Echtheit ihrer Unterschrift. David war von dieser Enthüllung ebenfalls überrascht worden, aber nicht so wie die meisten anderen. Aller Wahrscheinlichkeit nach hatte Emilie mehrere Papiere mit einer Blanko-Unterschrift versehen. Der Verlagsvertrag hatte ihn dennoch zunächst auf dem falschen Fuß erwischt, denn er wusste, wie die Medien diese jüngste Wendung im Prozess ausschlachten würden – es erforderte nur wenig Fantasie, in Emilies Unterschrift ein Schuldeingeständnis zu sehen.

Einmal freigesprochen, hatte seine Mandantin freie Hand. Sie konnte nicht für dieselben Taten ein zweites Mal angeklagt werden. Diese juristischen Spitzfindigkeiten interessierten Emilie jedoch kaum, die Paragraphen und Winkelzüge der Juristerei kannte sie gar nicht. Die Medien hatten Pichlers Joker schnell in »Emilies Poker« transformiert, sie spekulierten über die Gerissenheit des Todesengels und auch über die Rolle, die der Pflichtverteidiger in diesem Spiel spielte. Es könne ja nicht anders sein, als dass der Moor den Deal mit dem Verlag eingefädelt habe. Anders hätte es zu diesem Kontakt nicht kommen können.

Hätte David es nicht besser gewusst, er hätte dieselben Mutmaßungen angestellt, enthielt sich aber wohlweislich jeden Kommentars. Dabei hätte ihn das altväterliche Gebaren des Staatsanwalts schon zu Ausbrüchen verleiten können: Da tat einer so, als hätte er es von Anfang an gewusst, trat nun als derjenige ins Rampenlicht, der die Dinge richtigstellte.

David hatte diese Dinge – die Medien sprachen von einer Wende – bald ins Puzzle eingeordnet. Als er den Wein kostete, wissend um die nachgefüllten Reserven seines *Humagne rouge*, schmeckte er, wie sich der Charakter des Weins auf der Zunge und am Gaumen allmählich entfaltete, wie sich zugleich in seinem Kopf die Lösung des Problems anbahnte. Das fertige Bild vor dem inneren Auge, jubelte er, nicht leise, nicht still vor sich hin, nein, David schrie ein »Wagadugu!« in die Welt, dass es ihn selbst nicht mehr auf dem Stuhl hielt.

Sogar Daisy war kurz zusammengezuckt.

Der Fall war klar: Er verteidigte eine Frau, die jene Taten, die ihr vorgeworfen wurden, auch begangen hatte, und darüber hinaus ohne Frage noch weitere Sterbenskranke auf dem Gewissen beziehungsweise erlöst hatte. Entschieden war auch, dass Emilie im juristischen Sinne nicht schuldig zu sprechen war. Man hatte Geschichten aufgebaut, nichts weiter als Geschichten, und er würde in seinem Plädoyer seine Geschichte erzählen, wenigstens Auszüge davon. In jedem Fall würde er seinen Wechsel zu Meyer & Müller erwähnen, um zu illustrieren, welche Wirkung Geschichten haben konnten, und damit auch durchblicken lassen, dass der unterschriebene Vertrag von Emilie nichts weiter als ein Produkt derselben Geschichte war, nämlich jener des Prozesses. Diese Geschichte hatte mit den seiner Mandantin zur Last gelegten Taten faktisch nichts zu tun, die Unschuldsvermutung bestand weiterhin, wenn auch nur juristisch. Das Angebot des Verlags war eine direkte Folge jener Aufmerksamkeit, die Emilie dank der Medien zuteil geworden war. Sie war in kürzester Zeit eine prominente Person geworden, stand im Mittelpunkt des Interesses. Dass ein Verlag daraus Kapital schlagen wollte, war nicht weiter erstaunlich. Man hatte sich die Rechte an einer Lebensgeschichte gesichert, ohne zu wissen, welche Geschichte man eingekauft hatte. Es blieb dabei: Man sah Emilie nichts an. Auch der Verlag wusste nicht mehr über die Geschehnisse. Die Autoren, die man Emilie zur Seite stellen würde, waren fraglos in der Lage, auch aus nichts eine spannende Geschichte zu fabrizieren; Hauptsache, Emilies Name stand auf dem

Umschlag, dazu ein Titel, der Neugier erweckte und zum Kauf anregte.

Ob seine Mandantin pokerte? Die Frage war irrelevant. Ob sie wissentlich einen solchen Vertrag unterzeichnet hatte oder nicht, spielte keine Rolle. Auch wenn er, David, überzeugt war, dass für den Verlagsvertrag ein Blatt gedient haben musste, wie er selbst eines von seiner Mandantin bekommen hatte.

»Nana, com'on! Nana, com'on!« David hatte die Lautstärke aufgedreht, stimmte in den Gesang ein und tanzte mit sich selbst. Pichler hatte mit seinem letzten Trumpf David die Hintertür geöffnet, ihm eine Möglichkeit gezeigt, wie er als Springer das Spielfeld verlassen konnte, ohne geschlagen zu werden. Das ging im Schach nicht, doch in einem solchen Gerichtsverfahren schon.

Er, David Moor, war gar nicht der Springer, er hatte sich lediglich in einem trojanischen Pferd zur Verhandlung aufbieten lassen. Morgen würde er sein Versteck verlassen und sich zu erkennen geben als brillanter Jurist und neuer Partner von Meyer & Müller. Übrig blieben Emilie, die von Anfang an im Patt gestanden war, und die leere Hülle eines Pflichtverteidigers, die er zeitweilig ausgefüllt hatte. Übrig blieben Verdacht und Zweifel, das eherne Zwillingspaar der

Rechtssprechung, gegen das kein Fleisch und Blut ankam.

Er würde für diesmal den Mond nicht schlucken, er konnte sich beruhigt schlafen legen. Zuvor aber würde er noch den Nagelknipser zur Hand nehmen, das Selbstpflegedefizit, wie Margarethe eine solche Nachlässigkeit taxierte, beheben. Die Richtigkeit seiner Gedanken schien ihm unantastbar und definitiv. Er zog die Socken aus und setzte sich auf die Bettkante. Er dachte an Wagadugu und an Schröder, an die Jartsa Gunbu und er sang mit Rihanna. David war der Meinung, die Probleme im Wesentlichen gelöst zu haben.

Er würde die Einladung des Vaters annehmen; höchste Zeit, dass er dieses Ko Samui einmal in Augenschein nahm. So schlecht konnte es dort nicht sein, immerhin war der Vater nun schon seit drei Jahren dort, und geklagt hatte er noch nie. Es konnte nicht schaden, nach dem Prozess für einen Monat die Stadt zu verlassen. Bis zu seinem Antritt bei Meyer & Müller Anfang August war noch genügend Zeit.

Und Margarethe?

David klappte Wittgensteins *Tractatus*, eines von Bernhards Büchern, das er für sein Schlussplädoyer konsultiert hatte, zu und verräumte es im Regal. Sein Blick fiel auf die Reihe der kleinen gelben Bändchen, die er noch von der Gymnasialzeit hatte. Er zog Schillers *Räuber* hervor, blätterte ein wenig und erinnerte sich: Es ging nicht nur um die Moors in diesem Drama, es ging auch um Amalia, die standhafte Amalia, die sich von Franz nicht blenden ließ, die weiter an ihrem Karl festhielt. »Gutes Weib, stures Weib«, hallte Bernhards Stimme in Davids Kopf nach, doch er erinnerte sich auch, was sein Deutschlehrer damals gesagt hatte – dass Amalia eine Figur sei, ein Ideal, und die Wahrscheinlichkeit, einer Amalia im richtigen Leben zu begegnen, äußerst gering. Er war nicht Franz, nicht Karl, er war David, und Margarethe blieb Margarethe. Ob sie nachgeben würde oder eine Kunstfigur blieb? Hatte sie sich tatsächlich in ihm getäuscht oder er sich in ihr? Er würde die bunten Hemden noch nicht weggeben, sie waren wie geschaffen für seinen bevorstehenden Urlaub. Die Sudokus würden bis auf weiteres ungelöst bleiben.

Und die Verlobungsringe?

Sie lagen nicht, wie angenommen, beim Nagelknipser, David musste sie verlegt haben; verlegt oder verdammt gut versteckt. Worüber man nicht nachdenken will, darüber soll man schlafen.

Und David löschte das Licht.

Sydney, am 15. August

Lieber Bernhard,

bevor du dir nun tatsächlich Sorgen machst und Suchtrupps auf den Plan rufst: Mir geht es gut. Und ich habe auch ein bisschen Freude an deinem schlechten Gewissen, zugegeben. Aber der Reihe nach: Deine Information, ich hätte bei Müller & Meyer gekündigt, ohne anzutreten, ist zutreffend. Ich habe es mir anders überlegt – wegen Emilies Freispruch oder vielmehr wegen der Rolle, die ich dabei gespielt habe. Die Flucht nach Thailand und später nach Australien war in gutem Sinn ernüchternd. Mein Vater fährt auf Ko Samui ältere Menschen durch die Gegend, fast ausschließlich Europäer, die dort ihren Lebensabend verbringen. Nebenher macht er immer noch Geschäfte, von denen er aber kaum etwas erzählt.

Die alten Menschen werden dort umsorgt, sie genießen ihre Zeit, von der meist mehr übrig bleibt, als sie sich ursprünglich erhofft haben; und im Gegensatz zu unseren Breitengraden können sie sich dieses Leben in Thailand auch leisten. Und ich glaube, man stirbt dort zufriedener. Doch ich hab's nicht lange ausgehalten. Nichts ist schwerer zu ertragen als eine Idylle.

Ich sehe Emilie heute in einem anderen Licht, auch wenn ich ihre Beweggründe noch immer nicht kenne. Ich glaube nun zu wissen, warum sie sich in Schweigen gehüllt hat: Es war aus Demut. Aus Demut vor dem Leben und gegenüber jenen Menschen auf ihrem letzten Weg. Kannst du damit etwas anfangen? Ich weiß nicht, ob ich richtig liege, doch die Vorstellung ist mir angenehm und das Risiko, mir was vorzumachen, nehme ich in Kauf.

Aber zu dir: *Die Sprache ist ihr Gebrauch* – nicht wahr? Dass du dich sogleich des Gebrauchs annehmen würdest, ich gebe es zu, ich wäre in der Endphase des Prozesses nie darauf gekommen. Dass du jenes von Emilie unterschriebene Papier zu einem Verlagsvertrag umgewandelt hast – verrückt. Doch sei beruhigt, ich nehme es dir nicht übel, nicht mehr. Wäre ich dir damals auf die Schliche gekommen, ich hätte dich sofort verklagt. Warum aber habe ich das Papier bei dir liegenlassen?

Mir wäre einzig wichtig, dass Emilie erfährt, wie sie zu diesem Vertrag gekommen ist. Ich habe ihr geschrieben, aber keine Antwort erhalten. Der Fall Emilie T. hatte sich in mir erst entfaltet, mich sozusagen mit voller Wucht getroffen, als ich auf Ko Samui eingetroffen war. Es war die Frage, die ich auch dir gestellt hatte: Wer bin ich?

Dass wir uns immer an unseren Taten messen, irritierte mich zusehends. Man lehrt uns die Spielregeln, führt uns vor, was Anerkennung bringt und hält uns vor Augen, nach welcher Funktion, nach welcher Wertschätzung wir zu trachten hätten. Rechtfertigung als Aussicht auf Existenzberechtigung. Gegenüber wem? Mir will fast scheinen, als wären wir uns selbst gegenüber zu Chimären geworden.

Damals, in der WG, spürten wir diese Schwingungen noch, diese unerschütterliche Gewissheit, als Menschen zu bestehen, ohne Programm, weder zweckbestimmt noch zweckorientiert. Hätte ich solche Gedanken zu Zeiten der Verhandlung gehabt, ich hätte den Prozess nicht gewonnen. Ich befolgte die Spielregeln, hatte die Zügel über weite Strecken in der Hand – beziehungsweise bildete mir erfolgreich ein, die Kontrolle zu haben.

Dabei kannst du morgen einen Lottoschein bei Frau Halbhuber lösen oder dir eine Kugel durch den Kopf jagen – gleichviel.

Das Ich ist ein Schrein, zu dem man nicht allzu oft beten sollte. Ein Name gilt nichts. Vielleicht wusste das Emilie, als sie ein leeres Blatt unterschrieb, weil es ihr in den Sinn kam, uns, die wir eins zum andern zählen, etwas an die Hand geben zu wollen.

Ach, Bernhard, wenn ich diesen Brief jetzt wieder lese … vergiss alles! Ich will weder die Welt noch dich ändern, ganz zu schweigen von mir selbst. Nein, das war gelogen, ich bilde mir ein, dass Empfindung das höchste Gut ist. Empfindungen einzuordnen, ist dagegen ein Plan, der über das Menschenmögliche hinausgeht. Was wollte ich dir schreiben? – Bernhard, auch wir werden sterben. Was machen wir dann …

Das Beste zum Schluss: Margarethe ist, kurz nach meiner Abreise, wieder in die gemeinsame Wohnung eingezogen, und vor zwei Tagen ließ sie mich wissen, dass sie mit den Sudokus durch sei, ich also zurückkehren könne. Indem sie das letzte Rätsel anging, legte sie noch eine ganz andere Lösung frei. Doch das ist eine andere Geschichte. Ich will derweil versuchen, das Glück auszuhalten. Wer weiß, vielleicht hast du schon bald eine Einladung zum Fest!

Namaste! David

Verlag und Autor danken der Familien-Vontobel-Stiftung,
der STADT BADEN
sowie der Gemeinde wettingen
für die großzügige Unterstützung bei der Drucklegung dieses Werkes.

ISBN 978-3-86351-053-4

Lektorat: Petra Wägenbaur, Tübingen.
Umschlaggestaltung: Christiane Hemmerich
Konzeption und Gestaltung, Tübingen.
Herstellung: Horst Schmid, Mössingen.
Satz: CompArt, Mössingen.
Druck und Einband: Pustet, Regensburg.

Mehr über das Verlagsprogramm von Klöpfer&Meyer
finden Sie unter *www.kloepfer-meyer.de*